스톤 골렘 [Stone Golem]

돌무더기가 뭉쳐서 강철을 상대한다!
소환사의 역할이 크다.

권경욱 게임 판타지 소설

기갑전기 맷서커

GAME FANTASY STORY

기갑전기 매서커 1

권경목 게임 판타지 소설

초판 1쇄 찍은 날 § 2009년 6월 23일
초판 1쇄 펴낸 날 § 2009년 6월 29일

지은이 § 권경목
펴낸이 § 서경석

편집장 § 문혜영
편집책임 § 문정흠
편집 § 정서진

펴낸곳 § 도서출판 청어람
등록번호 § 제1081-1-89호
등록일자 § 1999. 5. 31
어람번호 § 제1-1057호

주소 § 경기도 부천시 원미구 심곡2동 163-2 서경B/D 3F (우) 420-822
전화 § 032-656-4452 팩스 § 032-656-4453
http://www.chungeoram.com
E-mail § coram99@chollian.net

ISBN 978-89-251-1850-5 04810
ISBN 978-89-251-1285-5 (세트)

권경목 게임 판타지 소설

기갑전기 매서커

GAME FANTASY STORY

7

데스 매치 편

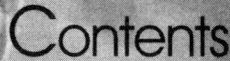

Contents

Act 00
바미안엔 밤이 없어

機甲戰記
Massacre
기갑전기 매서커

　대연회장은 기분 좋은 빛으로 가득 차 있고, 쿵쾅거리는 흥겨운 비트가 피부 속까지 파고들었다.

　주변은 유저들이 뿜어내는 열기로 용광로처럼 뜨겁다, 이 한 몸 녹일 정도로. 그렇게 업(Up)된 기분으로 모두가 가슴 충만했다.

　단 한 사람만 제외하고.

　'크으, 우째 이런 일이. 한 달간 요 캐릭만 편하더라니⋯⋯.'

　그렇다. 이 열기를 유지하기 위해 고군분투하는 '나 홀로' 캐릭이 있었으니⋯ 정령의 수호자, 멘탈 지오였다.

눈앞에 붉은 점멸이 오락가락하며,

> 엘레멘탈 지오의 집중력이 떨어지며 호흡이 곤란합니다. 연동 캐릭
> 들의 동화율을 떨어뜨리길 권합니다.

이미 파트너(?) 없는 다른 지오들은 콩콩 강시로 만들어놓
았다고—!!

> 정령의 둥지와 소환된 정령들을 더 이상 유지하기엔 친화력이 부족
> 합니다.

'아, 된장! 뇌가 녹는구나, 녹아.'
지끈지끈.
눈앞이 뿌옇게 변하고 현기증이 오락가락하면서 헛구역질
이 올라오는 게 뱃멀미 저리 가다. 오히려 선상에서 선착순
돌리기를 수없이 반복했을 때의 느낌과 흡사하다.
정령의 수호자 노릇도 이 정도면 못해먹을 일이다.
그리고 이 사태의 원흉은 바로 저기 있다.
멜퀴!
멜퀴는 정령의 둥지와 헤아릴 수 없이 많은 바람의 정령들
을 소환해 놓고는 신나게 춤춘다고 '나 몰라라' 상태였으니,
1개도 아니고 무려 7개나 되는 정령의 둥지를 유지해야 하는

것은 전부 내 몫이 되고 말았다.

무려 한 시간이다!

캬오ー! 어떻게 저렇게 뻔뻔할 수가.

파트너 좀 챙기란 말이닷ー! 아참, 넌 파트너가 아니던가.

어쨌든, 정령의 둥지 하나를 유지하는 데 3시간가량 버틸 수 있는데, 지금은 무려 6개를 더 떠안은 상태다.

정령의 둥지 7개를 유지시키는 일, 장난이 아니다.

게다 매서커 캐릭과 데스 로드 캐릭은 어느 정도 동화율을 적당히 유지해야 한다. 안 그러면 한창 업된 파트너가 삐치니까.

고로 코피 터지기 일보직전이다.

그 누가 나를 바람둥이라 욕할 것인가.

7개의 정령 둥지는 과잉 조명이다. 그중 무려 4개가 멜퀴에게 집중되어 있다.

'크… 빌어먹을, 멜퀴. 이 무책임한 죽순이 같으니라고.'

그녀는 그냥 있어도 돋보이는데 지금은 그 자체로 인간 조명(?)이 되어 주변에 찬란하게 빛을 뿌려대니 차마 거둘 수가 없었다.

멜퀴의 자태에 홀린 늑대들이 오죽 많고 열광적인가.

그리고 리듬을 타는 저 화려한 율동은 또 어떠한가.

멜퀴는 오늘만을 기다린 것 같았다.

그렇게 그녀의 즐기는 모습은 아름다움, 그 자체.

'아씨, 뭐 좀 주고 부려먹던지!'

대자연 친화력은 곧 바닥. 이를 보정할 아이템이나 스킬은 애초에 있지도 않았다.

영주인 매서커 캐릭이 유보한 스탯을 부여하면 되지만 위기 상황도 아닌데 스탯을 부여할 순 없잖은가.

'바드와 메이드들을 더 즐기도록 해주고 싶긴 한데⋯ 더이상은 무리인가⋯⋯.'

> **정령의 둥지와의 연결이 끊어졌습니다.**

제일 멀리 떨어져 있던 정령의 둥지가 부르르 흔들리더니, 파―핫! 하며 풍선 터지듯이 터져 나갔다.

"꺄하하하―!!"

둥지 안에 있던 정령들이 이웃한 정령의 둥지로 즐거운 비명을 지르며 포르르 옮겨갔다.

상황을 모르고 놀이의 일부로 여기는 자연스러운 모습이다.

'야, 이것들아―! 정령계로 돌아가란 말이다. 너희들은 눈치도 없냐?! 없구나, 개념없는 것들⋯⋯.'

하나가 줄어들며 약간의 현기증은 가셨지만 이도 잠시일 것이다.

곧 차례차례 터져 나갈 테지.

그제야 멜퀴의 시선이 나를 향하더니 장난스레 손가락 하나를 좌우로 흔들며 다가왔다.

한들한들 특유의 율동을 유지한 채로. 그녀의 변화무쌍한 눈엔 장난이 한가득이다.

'어어… 오지 마, 오지 말라고, 이 나태 마녀야!!'

그 모습에 욕이 튀어나오려다 그만두었다. 그나마 남은 정령 둥지를 유지하려면 집중해야 했기에.

어느새 한 발 앞에 녹색 머리칼의 멜퀴가 섰다.

"좋아, 이번에 마련한 이벤트는 마음에 들어. 아주!"

"……."

당연하지. 코피 터지기 일보직전이니까.

"고로, 나 정령왕의 딸 멜퀴는 그대의 헌신에 보상을 내리노라."

멜퀴는 살짝 품에 안기듯이 다가와 발돋움으로 내 이마에 입술을 가져다 댔다.

쪽!!

"……."

새삼스럽게… 잠깐!

오옷, 보상이다, 보상! 한 달 만의 보상이다!!

그녀로 인한 굴욕의 세월이 주마등처럼 스쳐 지나갔다.

사라라라랑—

Quest

첫 인정.

'아유, 따분해. 재미없어! 만날 땅이나 파고 있어! 떠날까 보다.'

멜퀴는 바미안 영지에서의 생활에 싫증났습니다. 당신이 가진 '정령의 수호자' 직책을 박탈하려고 했습니다. 그런데,

'이런 이벤트를 기다렸어!'

그녀를 위한 이벤트는 아니었지만 그녀를 큰 기쁨으로 인도했습니다. 오늘 멜퀴가 인간 세계와의 동화율이 최고조에 이른 것입니다. 이로 인해 그녀는 자신을 봉인한 유저인들에게 품은 불신이 조금 가셨습니다. 이슈타르 대륙으로선 큰 행운이 아닐 수 없습니다.

그렇습니다. 멜퀴는 이제야 당신을 정식으로 자신의 수호자로서 인정했습니다.

보상:하나…….

오, 드디어 목록이 올라온다.

…하나, HAA 스탯이 2ㅁ포인트 부여되었습니다.

쩨쩨하게…….

하나, 스킬 포인트 5가 부여됩니다.

…째째해. 너무하네. 정령왕의 딸이라며?! 공주잖아?! 공주 주머니가 왜 이렇게 얇은 거야?!

하나, 오늘 멜퀴가 소환한 정령들과 소환 의식에 상관없이 계약을 할 수 있습니다. 작은 친구들이 한가득 생기는 것이죠. 계약 가능한 바람의 하급 정령 수는 무려 1,2ㅁ8개체입니다.

"……!"
오옷, 스타일리쉬 누님!
저 개구쟁이들을 제가 몽땅 거느린다고요?
역시 정령왕의 딸답게 통이 크십니다그려.
입이 벌어지는데 그게 다가 아니었다.
쿠구웅—!

Quest

정령왕의 가호.
'딸의 기쁨은 나의 기쁨!'

정령의 수호자 엘레멘탈 지오에게 정령왕의 권능이 간섭합니다.

가호: 하나, 정령의 둥지 유지 시간이 1□% 늘어납니다.

하나, HAR 스탯 5가 부여됩니다.

하나, 스킬 포인트 3이 부여되었습니다.

하나……

오호, 부녀가 쌍으로 도움을 주는구나. 좋아, 좋아.

나는 그대로 바람의 정령들과 계약을 맺어나갔다.

바람의 정령들은 장난스럽게 날아와 내 뺨에 입을 맞추거나 귀를 잡아당기는 식의 접촉을 하곤 정령의 둥지 속으로 재빠르게 돌아갔다.

1월의 삭풍과 정령 계약을 성공적으로 마쳤습니다.

…정령 계약을 성공적으로 마쳤습니다.

…마쳤습니다.

계약 성공을 알리는 메시지가 주르륵 올라왔다.

스크롤 압박!

'크, 논다고 정신들이 팔려 계약 의식도 간략하군. 그나저

나 이 많은 애들을 다 어떻게 키우지?

Quest

정령의 성장 동력(動力).

'꺄하, 우린 웃음을 먹기로 했어염~'

'우린 노는 게 제일 좋아. 폭력은 노노―!"

바람의 하급 정령들은 자신들의 성장원으로 유저들의 즐거운 웃음소리를 택하였습니다.

앞으로 그들은 즐거움에 깃든 정신 에너지를 섭취해 성장해 갈 것입니다.

지오님과 계약한 바람의 정령은 웃음을 먹고 자란답니다. 웃음을 잃지 마세요.

크으, 역시 놀기로 인공지능이 특화된 게 여실히 드러나는군.

'그래, 옜다. 실컷 놀아라!'

그래서인지 조명을 유지하기가 한결 수월해졌다.

시간이 지나면 다시 유지하기가 부담스러워지겠지만 지금 당장은 위기를 벗어난 셈이다.

Quest

스킬 생성! 바람의 웃음.

'웃으란 말이다. 웃지 않겠다면 웃게 만들겠어.'

정령 스킬인 '바람의 웃음'이 생성되었습니다.

바람의 정령들을 일시에 소환해 지정한 대상에게 참을 수 없는 간지러움을 태웁니다. 살상 스킬이 아니기에 대상은 당신을 적으로 인식하지 않습니다.

스킬 대상:몬스터, 인간, 언데드를 가리지 않습니다.

스킬에 노출된 대상이 받은 가호(Buff)가 사라지는 효과가 있습니다.

스킬 포인트를 부여할수록 바람의 웃음이 미치는 영역이 넓어집니다.

스킬 포인트 2가 부여되었습니다.

아, 좋고! 모든 버프를 무로 돌린다니, 이게 어딘가.

'끝장 스킬이로고!'

숨도 고를 겸 비트 강한 음악에서 색소폰 선율이 흐르는 무드 깊은 음악으로 바꾸었다. 이어 음악에 맞추어 정령의 둥지의 밀도를 높여 조명을 어둡게 가라앉혔다.

그러자 따뜻하고 부드러운 빛이 정령의 둥지에서 은은하게 흘러나왔다.

막간의 무드 타임!

이 정도면 완벽한 클럽 DJ에 조명 기사가 따로 없지 싶다.

부드러워진 조명 아래로 몸을 밀착한 커플들이 느려진 선율에 맞추어 움직이는 게 보였다. 정말… 진도도 빠르지.

아, 그러고 보니 매서커도 데스 로드도 꼼짝없이 붙들려 있군. 흐웅, 느낌 좋은 밀착이야.

때마침,

찰랑—

Quest

불만 해소.

'와우, 가상에서 클러빙이 가능할 줄이야.'

'분위기 최고야—!'

바미안의 사교계를 지원하기 위해 자원한 바드와 메이드들의 불만이 일시에 사라졌습니다.

이로 인해 사교계의 바미안에 대한 악평이 상쇄되었습니다.

더 이상 사교계의 혹평이 바미안의 평가에 영향을 미치지 않게 되었습니다.

그나마 다행인 메시지군. 헉헉, 우선 숨 좀 돌리자.

Lord

새로운 인연의 시작.

열혈 바드: '내가 이래서 바미안을 못 떠난다니까.'

작업(?)녀: '호오, 괜찮은 수컷들이 있네?'

유저들이 자신들을 배려한 바미안 영주를 진정한 친구로 생각합니다.

이로 인한 바미안에 대한 유저들의 호감도가 상승 중입니다.

영주관 내 유저들이 바미안을 부활지로 지정하기 시작했습니다.

바미안에 호감을 표하는 유저들이 무려 234명에 달합니다.

…유저인들의 호감도가 놀라울 정도로 급증하고 있습니다.

놀랍습니다!

영주 레벨이 올랐습니다. 영주 레벨은 48입니다.

영주 포인트 100이 부여되었습니다.

유보 중인 영주 포인트는 2,400입니다. 괴물을 만들려고 하십니까? 유보 중인 영주 포인트가 과합니다.

별걸 다 참견하는군.

남이사 먼치킨을 만들든 슈퍼맨을 만들든 내 맘이지.

아무튼, Good! 이럴 수도 있구나.

역시 사람의 마음을 움직이는 것은 바람없는 진심임이 증명되는 순간이다.

이제부터가 시작이었다.

Lord

독특한 즐길 거리.

'이거 장난이 아니잖아, 친구들에게 자랑해야겠어.'

'이봐, 어서 빨리 바미안으로 넘어오라고. 끝내준다니까—!!'

영주관을 이용한 사교 클럽!

영지에 유저인들을 불러 모으는 놀라운 시도가 아닐 수 없습니다. 영주관 사용의 모범 사례가 아닐 수 없군요.

정령의 둥지, 바람의 정령들, 합법적인 음원 사용… 완벽한 조합이 아닐 수 없습니다.

이를 바미안만의 독점적 서비스로 등록하길 정중히 권합니다.

독점 등록하시겠습니까?

독점 등록에 드는 비용은 4만 원입니다.

으잉?! 뭐라고 하는 거야?! 가만… 독점 등록?

이것은…….

그렇다!

돈 냄새!!

"독점 등록합니다."

즐길 거리의 '타이틀'을 정해주십시오.

"…바람의 축제!"

뎅그랑— 하는 동전 떨어지는 소리가 나며,

Lord

자체 서비스 등록 완료.

'탁월한 선택—!'

바미안만의 즐길 거리로 '바람의 축제'가 등록되었습니다.

매서커의 연결 계좌에서 4만원이 인출되었습니다.

이후 E&T는 바람의 축제에 대한 바미안 영지의 독점적 지위를 보호하게 됩니다.

독점적 지위의 유지와 보호 기간은 6개월입니다. 이후 3개월의 기간 연장이 가능합니다.

그동안 유사한 즐길 거리의 등장에 대해 철저히 차단됩니다.

오오, 좋았어!!

오늘 벌어진 이벤트는 앞으로 9개월간 오직 바미안 영지에서만 가능하게 되었다.

이것은 무엇인가?

그렇다. E&T 내에 판타지적인 나이트클럽이 생긴 것이다.

쪽수에서 밀리는 나로선 사냥터를 독점하고 선점하는 식의 운영엔 분명 한계가 있다. 조직이 약하니 관리 자체가 부실할 수밖에 없는 것이다.

당연히 인공지능이 관여하는 영주성 내에 수익 시설을 운영하는 게 최선 중의 최선이다.

환전소나 이공간 창고 서비스, 도시 간 이동 게이트 서비스 같은 게 대표적이다. 이를 기본 서비스라 하겠다.

그런데 여기에 유저들이 이용하는 또 다른 서비스 하나가 늘어난 것이다.

그것도 오직 바미안만의 독특한 서비스로.

일종의 기호성 강한 서비스지만 타 영지와의 차별화는 이만한 게 없다. 유저들이 얼마나 이용할지는 몰라도 시간당 동시 접속자가 평균 30만~50만인 E&T다.

호기심으로라도 바미안에 한 번씩은 찾아오지 않을까?

그런데 너무 성급한 것 아니냐고?

모르시는 말씀.

왜 이렇게 급히 서둘렀냐면⋯ 지금 우리들이 즐기는 모습을 가버린 줄 알았던 사교계 인사들 몇몇이 놀란 눈으로 보고 있기 때문이다. 한 시간 내내.

게이트를 타기 위해 대기하는 동안 남은 인사들이 뿜어져 나오는 리듬과 열기에 놀라 돌아왔는데, 그 눈빛이 처음엔 황당함으로, 다음엔 무시로, 그다음엔 깊은 호기심으로 변하는 것이었다.

내가 만들어놓은 이벤트의 요소들을 정탐하고 있는 것이다.

시간을 재고 있다.

하나 이젠 소용없다.

독점 등록을 마쳤으니 유사 이벤트를 열고 싶어도 열릴 리가 없게 만들었으니.

카카카―!!

*   *   *

일주일 후, 영주관 앞.

영주관을 중심으로 마법등에 하나둘 불이 밝혀지는 가운데, 무게 가득 잡힌 목소리가 울렸다.

"복장 불량!"

이에 발끈하는 목소리가 되받았다.

"아니, 왜요?"

"걸칠 건 걸치셔야죠. 이곳은 선탠 장소가 아니랍니다."

"아잉~ 오빠~ 이번 한 번만."

"안 됩니다. 다음!"

"아유, 배짱 장사도 이런 배짱 장사가 없다니까. 흥, 걸칠 게요, 걸치면 될 거 아녜요."

"그럼 이대로 복장 고정입니다. 2시간 이용권 구매. 패스! 다음!"

영주관 앞으로 긴 줄이 이어져 있고, 입구에선 큰곰이 팔짱을 낀 채 줄선 이들을 한 사람씩 심사(?)하고 들여보내고 있었다.

동화 속 램프 요정 지니의 포스가 저럴까.

어디서 구했는지 검은색 안경까지 착용했다.

패션 아이템은 비싸다. 그리고 사치품이다.

그러나 이는 다운타운에 가면 볼 수 있는 전형적인 어떤 이의 모습이다.

수질 관리사!

낮엔 성전에 참가해 박박 기고 저녁엔 수질 관리한다고 피곤하기도 하련만 개성 강한 아가씨들을 감평하느라 피곤함은 찾을 길 없다.

무뚝뚝한 표정 뒤로 입이 귀에 걸려 있음이 훤히 들여다보였다. 속일 사람이 따로 있지.

'…봐라, 저 봐라. 입꼬리 올라가는 거 봐라.'

바람의 축제 서비스를 즐기려는 유저들을 상대로 두 곰이 일명 수질(?) 관리를 하고 있음이다.

내가 이걸 노린 게 아닌데… 상황이 절묘하게 흘러가는 중이다.

바미안 영주관이 말 그대로 불야성이 되어버리고 말았다.

좋은 말로 '커플 탄생의 전당' , 시쳇말로는 '작업의 전당'이 되었으니…….

거참, 입소문이라는 게 이렇게 무서울 줄이야.

바드들과 메이드 누님들의 열화와 같은 요청으로 단 삼 일 만에 바미안 영주관은 판타지식 나이트클럽으로 자리 잡은 것이다.

좀 더 다른 즐길 거리를 찾는 유저들이 점점 몰려들더니, 지금 눈앞의 그림처럼 수질 관리가 필요한 상황으로까지… 바미안 영지가 E&T의 초대형 이슈가 되고 말았다.

길드전, 영지전 , 랭킹 방어전 같은 겨룸이 아닌 문화로서!

Quest

긴장 완화.
난민 유입, 몬스터의 준동, 파헤쳐진 들판, 끝없는 노동… 바미안에 흐르는 살벌한 긴장감으로 이슈타르 인들이 경직되어 있습니다.

'사람 사는 곳엔 이런 맛도 있어야지… 암.'

'…멋쟁이들을 보는 것만으로 긴장이 풀려. 좋군.'

도시에 새로운 바람이 불었습니다.

이슈타르 인들 역시 바미안의 변한 부위기에 안도해합니다.

바미안이 수많은 유지들에게 낭만이 흐르는 도시로 알려지기 시작했고, 이로 인해 바미안의 명성이 크게 높아졌습니다.

팁:도시 인공지능 바미의 편중된 학습에서 벗어나 다양한 감성을 학습하게 되었습니다.

　　바미안의 '군사 도시'라는 타이틀이 사라졌습니다.

　　영주인 매서커에게 WIZ 스탯 5가 부여되었습니다.

하루 게이트 이용자가 처음으로 1천 명을 넘었습니다. 도시의 성장 속도에 비하면 놀라운 방문객 유치입니다.

　　도시의 명성이 주르륵 올라갔다. 지명도는 하루가 다르게 상승하고 있다.

　　어느 정도 기대는 했지만 이 이슈의 파급력은 상상을 불허했다.

　　유저들이 대거 몰려와 저녁 8시부터 새벽 4시까지 바미안 내성은 그야말로 클러빙을 즐기려는 유저들로 밤낮이 바뀌었다.

물론 가상이기에 독점 서비스에 대한 기간은 9개월로 제한이 있지만, 그래도 그게 어딘가.

향후 9개월 동안 바미안이 연일 유저들로 붐빌 걸 상상하면 입이 벌어질 수밖에 없다.

사람이 사람을 불러 모으는 것이니까.

그리고 일몰과 동시에 도시 인공지능 바미의 보고가 나를 들뜨게 만들었다.

Lord

유저들의 러쉬!

'이야~! 시골인 줄 알았는데 상가가 번듯하잖아.'

'사냥도 시시하고 성전도 지루했는데, 당분간 여기서 쉬어야겠어.'

바미안을 부활지로 선정한 유저들이 꾸준히 증가하고 있습니다. 일주일 하루 평균 3^^명입니다.

'여기가 소문의 바미안이야. 와우, 사람들이 장난이 아닌데? 좋았어, 여기서 처음부터 키워보자구.'

바미안을 고향으로 지정한 신규 유저가 처음 생겨났습니다.

영주 레벨이 올랐습니다. 영주 레벨은 ५५입니다.

감동의 쓰나미가 몰려온다.

이것이야말로 바미안을 성장시킬 수 있는 기회가 아니고 무엇이랴.

나는 이 기회를 놓칠 수 없었기에 영주관을 기꺼이 유저들에게 양보했다. 이는 영지 발전을 이루려는 숭고한 희생정신의 발로가 아닐 수 없음이라.

거짓말 말라고?

…사실, 입장료 수입이 좀 된다, 좀.

거짓말 말라고?

…눈치챘구나. 벌이가 심상치 않다.

어허, 솔직히 말하라고?

…그래, 떼돈 벌고 있다!

'물장사' 라는 게 다 그렇고 그런 거 아닌가?!

여기서 잠깐, 물장사라도 다 같은 물장사가 아니다!

알콜을 팔지 않는 물장사라 똥파리가 꼬이지 않으니 아무 문제될 게 없는 나름 '클린 사업' 이라 할 수 있겠다.

나의 시도는 게임 방송과 인터넷 방송에 소개할 필요도 없이 유저들의 입을 통해 저절로 홍보가 이루어지고 있으니 홍보비도 굳은 셈.

물론 투지는 있었다.

내가 영주관을 클럽으로 개조하는 데 든 비용도 만만치 않았고, 엘레멘탈 지오가 정령 둥지를 소환해 화려한 조명을 유지해야 하고, 최신 음악을 유료로 다운받아야 하니 매일매일 유지 비용이 만만치 않다.

그중 클럽의 핵심은 조명 유지!

조명을 유지하려면 기본적으로 상급 정령사가 정령의 둥지를 6개나 소환한 채 장장 8시간을 유지해야 하는데 어디 그게 쉬운 일인가.

8시간 동안 오줌 누러 갈 수도 없이 '꼼짝 마라'다.

이 모든 게 나니까 가능한 것이지, 암.

내 자랑은 이 정도로 됐고, 아무튼 가상 세계에서 하나의 수익 모델을 제시한 것으로 인정받은 것이다.

물론 도전은 있었다.

대형 길드에서 상급 정령사들을 대거 동원해 바미안과 같은 클럽을 흉내 내려 했으나… 9개월 이후에나 가능하다는 서슬 퍼런 E&T 운영팀의 간섭을 받을 뿐이었다.

말을 듣지 않으니까 정령 소환 불모지로 지정해 단위면적당 정령의 둥지와 정령 개체수 제한이라는 식으로 말이다.

간단도 하지.

돈 4만 원의 힘이 이렇게 클 줄이야.

간사한 마음으로 외쳐 본다.

E&T 운영팀 파이팅!!

그렇게 이 지오님의 사업이 앞으로 탄탄대로라는 말씀.

영주관의 상담실.

나는 영주관 앞에 늘어선 긴 줄을 바라보며 누군가에게 보여주기 위한 길쭉한 미소를 지었다.

거물들이 짓는 거만하게 보이는 재수없는 그런 미소 말이다.

유리창에 반사된 미소가 왠지 어울린다.

"그러니까, 바람의 축제 서비스를 공유하자는 말입니까?"

"…그렇습니다. 말은 공유지만 프랜차이즈라 보시면 됩니다. 입장 수입의 3%를 매주 정산해서 드리겠습니다."

"흐음, 3%라……."

그렇다. 지금 나는 거만한 이들로부터 프랜차이즈 제의까지 받고 있는 중이다.

유저가 만들어 나가는 게임은 이게 좋다니까.

기분 갑자기 업되는군.

점점 조건은 좋아지고 있다.

하나 이것은 9개월뿐인 호사!!

'릴렉스, 눈앞의 비즈니스부터 해결해야겠지.'

포커페이스로 전환한 후 노련한 비즈니스맨 같은 어감을 담아 말했다.

"괜찮은 제안입니다. 하나 신결 조선이 있습니다."

"조건이라 하심은?! 일단… 들어보겠습니다."

"귀 영지의 사교계 탈퇴와 바미안을 중심으로 하는 새로운 사교계에 합류가 선결 조건입니다."

"크으, 그건……."

안타까운 침음이 길게 흘렀다.

자, 어쩔 것인가?

의리냐, 이권이냐?

그들 사이에 의리가 존재한다고 보진 않는다. 그렇다고 해서 이들이 내가 제공하는 이권을 위해 그들만의 사교계를 탈퇴하고 내게 붙으리라고는 보지 않는다.

그럼 왜 이런 제안을 하냐고?

간단하다. 조직 흔들기다.

그리고 차별화.

특색없이 영지마다 천편일률적인 서비스를 제공하면 무슨 재미로 가상 생활을 영위할까? 이런 영지가 있으면 저런 영지도 있어야 재미있는 게 아니겠는가.

상대가 어렵사리 대답했다.

"…여기서 바로 결정할 사안이 아니군요. 상당히 민감한 문제입니다. 예상은 했습니다만, 동료들과 이논한 다음에 연락드리겠습니다."

물러나는 게 빠르군. 어차피 기대 안 했다.

"천천히 의논하십시오. 아직 8개월 3주가 남았으니까요."

"음……."

"여하튼 귀 영지에서 보여준 성의는 잘 받았습니다."

"그럼……."

이렇게 32번째 방문자를 돌려보냈다.

빈자리에 남은 것은 선물 상자. 이런 상자가 구석에 수북이 쌓여 있다.

'어디 보자… 짭짤하군!'

간단한 상담의 대가로 보석과 마나석, 그리고 철궤 2천 개를 챙겼다.

> **'백작의 예'에 해당하는 선물입니다.**

'백작에 준한 대우를 하는군. 속이 빤히 보여.'

그렇다. 나를 만나려면 이 같은 성의를 보여야 한다.

내가 같은 유저라고는 해도 만나고 싶다고 언제든 만날 수 있는 유저가 아니므로. 영주니까.

물론 이들은 사교계의 떠오르는 별, 미요를 거쳐 왔으니 저들의 속은 두 배는 더 쓰릴 것이다. 미요 역시 앉아서 선물을 챙기고 있음이다.

다 내 덕이지!

아무튼 '이쯤이야' 라는 느긋한 미소를 배어 물었다.

어떤 일에도 전혀 놀랄 것 같지 않은, 군림하는 이들의 전형적인 모습이라.

보라, 이 지오님이 마법과 같은 성공의 기운을 마구마구 발산하는 거물 같지 않은가.

뭐, 그런 사람같이 보이려고 연극 좀 했다.

'재수없는 놈'으로 보였다면 대성공한 것이고.

다음에 올 때는 선물의 강도가 더 크지 않을까 싶다.

눈앞에 돈이 흐르는데 발 담그지 않을 사람들이 아니니까.

여하간 사업을 제안하러 찾아오는 유저들을 상대로 그들의 제안을 듣다 보니 어느 정도 '바람의 축제' 서비스를 어떻게 이용해야 할지 윤곽이 잡혀졌다.

이권에 대한 사람들의 생각은 거의 유사해서 프랜차이즈 식으로 바람의 축제를 공유하는 것으로 구상이 굳었다.

이제 그 프랜차이즈가 들어설 영지와 도시의 선별하는 문제만 남은 것이다.

하루 최소 300만이 바글거리는 E&T다.

바미안 하나론 턱없이 부족하다. 유저들을 위해서라도 바람의 축제 장소는 늘리는 게 당연하다.

단, 그 장소는 내가 정한다.

반드시!!

금화 속에서 수영하고 말 테다! 무화화핫―!!

Act 01
그녀는 소녀였다

機甲戰記
Massacre
기갑전기 매서커

영주관의 서재. 천장 높은 그 방엔 적막이 지배하고 있었다.

바미안 영지의 주요 인물들이 전부 모인 자리지만 오늘은 그럴 수밖에 없는 날이다.

이 먹먹한 적막의 근원에는 모두의 머릿속을 가득 채운 혼란스러움이 있으리라.

내가 그러니까.

지난 10일은 수도꼭지에서 사금이 줄줄 흘러내리는 꿈같은 날들이었다. 게임하는 맛이 났고, 왜 영주가 되려고 유저늘이 그렇게 이전투구를 해대는지 이해하기 충분한 나날이라

하겠다.

그렇게 흔하디흔한 악당이 되려는 찰나, 나의 가상 삶이 늘! 언제나! 허구한 날! 주구장창! 그렇듯이 그림 좀 될 만하면 초를 치는 존재들이 꼭 생긴다는 것이었으니…….

여하튼 E&T!! 그렇게 내가 밉냐? 미워?!

아부하기가 두려워진다.

…하긴 미울지도 모른다. 파편 무구가 둘에 그로 인한 온갖 갈등의 중심에 있음에도 영주성엔 풍악(?)이 끊이지 않으니까.

하나, 하나 말이다. 달랑 십 일이다.

어째 잘되는 꼴을 못 봐주냔 말이다!!

그런 일이 하루 이틀 벌어진 것도 아닌데 하늘 향해 버럭질이냐고?

혹시 정령의 축제가 풍기 단속에 걸렸냐고?

Never!! 절대 그런 일 아니다.

따지고 보면 내게 부여된 책무를 방기한 근본적인 문제다.

바로 그거다. 내가 소유한 파편 무구를 회수하기 위해 몬스터 군단이 영지 어귀에 등장한 것이다.

절대 비켜갈 수 없는 문제.

자칭 대외 정보통 미요의 분석대로라면 3개 영지를 거쳐야 바미안에 도착하므로 적어도 보름 정도 시간이 더 걸릴 것이라 예측했는데, 바미안 어귀에 진출한 몬스터 군단은 군단 전체에 '무한 충전 하이 패스' 아티펙트를 달았는지 기타 영지를 초고속으로 관통해 버렸다.

이 역시 야료의 냄새가 물씬 풍기는 대목이다.

'거참, 중간에 분명 파편 무구를 소유한 영지가 있음에도 곧 죽어도 내 영지란 말이지?

그렇다는 것은?

'…그런 거군, 그런 거야. 다 잘난 내 탓이지. 그런 거지, 뭐.'

크으… 이 달관의 경지!

이 정도 주인공 마인드면 성인(聖人) 급이지 않은가.

원래 성인(成人) 아니냐고?

…그래, 그 성인 맞다.

아무튼 현 상황은 이렇게라도 내가 나를 상대로 실실거리지 않으면 안 될 정도로 짜증스러웠다.

> 위험! 위험 경보!! 몬스터 집단이 영지 경계를 침범했습니다.

5분 후,

> …경보 해제. 문제의 몬스터 군단이 영지에서 철수했습니다.

들락날락.

유치한 약 올리기, 아니면 간 떠보기가 아니면 무엇이랴.

그런다고 내가 방비가 단단한 영주성을 버려두고 그들을 맞이하러 나갈 리가 없다. 내가 짱구냐?!

툭툭.

미요의 탁자 아래 발길질이 나를 현실로 돌려놓았다.

왜 모이라고 했는지 알 것이니 회의를 바로 진행해도 될 터.

"미요, 구체적인 정보는?"

"…이제 막 취합했어. 비싼 정보야. 일단 보고 난 뒤 정보료 정산은 나중에 듬뿍."

내게서 돈 냄새가 막 풍기나 보다.

아무튼 사무적인 어투로 미요를 재촉했다.

"모두 볼 수 있게 공유 정보창으로."

"히잉, 너무 무게 잡는다."

당연하지. 우리끼리만 있을 때완 다르잖아.

미요는 쌜쭉한 표정을 지으며 가신단과 이클립스 길드 운영위원들 앞으로 가느다란 필을 휘익 저었다.

그러자 손끝이 스친 공간 위로 퉁퉁 하며 반투명한 정보창이 입체적으로 생성되었다.

내 앞엔 대형 서양화 화폭 크기의 창이, 가신단은 A4용지만 한 적당한 크기의 창이, 이클립스들에겐… 엽서만 한 크기였다. 그리고 치리 앞엔 딱 명함만 한 크기의 정보창이.

'나참, 적당히 좀 하지. 이클립스 누님들에 대한 견제가 심하구먼.'

그러나 이클립스 운영위원들은 미요의 이런 텃세를 그러려니 하는 반응으로 대응할 뿐이다.

'과연 조지의 무게란 것이군.'

새로이 합류한 이클립스 길드원과 운영위원들은 얹혀사는 살림이라는 자격지심이 있는지, 그리 교류에 적극적이지 않았다. 결코 누구누구가 눈을 부라려서는 아닐 것이다.

'가만… 허걱!!'

Monster Status

어쌔신 길드 척후 정보. (분류 일급)

몬스터 제13군단.

분류 : 이족 보행의 대형 몬스터로만 구성되어 있음.

구성 : 오우거, 트윈 헤드 오우거, 자이언트 트롤, 트롤 등의 몬스터.

　　　크기 분류에서 휴즈(Huge)로 등록된 이족 보행 몬스터들.

전력 : 트롤을 주축으로 오우거들이 지휘한다.

　　　1천2백여 개체로 잠정 추정됨.

전과 : 5개 영지를 초토화시킴. 그 과정에 제6마법병단, 제4어쌔신여단, 제2정령여단, 제17, 17성전기사단을 연파하였음. 피해 유저

'…떡대들이 왔다!'

오우거는 한 영지에 7~10마리로 제한된 평균 신장 6미터에 달하는 거대 몬스터로, 보통 독립 개체 생활을 한다.

잡기만 하면 힘의 원천인 상급 마혈석(魔血石)을 위시한 마정석(魔精石)까지, 코털 한 올까지 다 돈이 된다.

오우거 한 마리당 이런저런 부산물을 모두 합쳐 계산하면 현질 시세로 대략 100만 원~150만 원선에 달한다.

대개 유저들이 이런 시세 계산은 딱 부러지게 하는 편이다.

게다가 '오우거 슬레이어'라는 타이틀은 획득한 유저에겐 다양한 혜택이 부가된다. 유저들이 한동안 이 타이틀을 획득하지 못해 목맨 적이 있을 정도다.

그렇게 돈과 명성을 동시에 거머쥘 수 있는 몇 안 되는 보스 급 몬스터가 오우거인 것이다.

하지만 최소 95레벨 이상 고렙 유저 18인이 뭉쳐야 잡을까 말까 하다는 것.

필드 곳곳에서 돌발적으로 튀어나와 유저들을 휘젓고 토

벌대가 도착할 때쯤 사라지는 지능적인 면도 면이지만, 이마에 박힌 마정석의 공능인 광역 지배력을 발휘하여 주변 하급 몬스터들을 몰아 개척촌을 유린하기도 한다.

한마디로 싸움 잘하지, 지휘 능력에 도주도 능하니, 잡기가 여간 어려운 게 아니다.

파편 전쟁 발발 전만 해도 일주일에 한 마리 빈도로 사냥되던 오우거.

그런 까다로운 몬스터가 떼를 지어 바미안에 나타난 것이다.

트롤 역시 말할 필요 없는 준보스 급 몬스터.

오우거와 차별되는 점은 무리 지어 사냥하고 도주를 하지 않는다는 정도였다.

시세는 딱히 정해진 바도 없고 오우거에 비하면 형편없지만 고렙 유저들을 먹여 살리는 고마운 존재라는 점에서는 같다.

트롤의 피가 고급 포션의 재료이지 않은가. 그 때문에 유저들의 사냥감으로 인기가 높았다.

하나 최소 5마리 이상씩 무리로 뭉쳐 다니기에 파티 인원이 30인은 되어야 무사히 사냥에 성공할까 말까했다.

둘 다 전통적인 설정이다.

한데 이 빌어먹을 파편 전쟁엔 오우거 로드를 등장시켰나.

이 오우거 로드가 뿔뿔이 흩어진 오우거들을 끌어모아 장악했고, 그 오우거들이 트롤들의 정신을 장악해 떡대들만의 군단을 조직한 것이다.

그래서인가, 정보를 열람한 가신단과 이클립스 누님들의 표정이 딱딱하게 굳어졌다.

영지 방어에 최소 3만에 달하는 유저들의 협력이 필요하다는 계산이 나와서리라. 그것도 90이상의 고렙들로만.

현재 바미안을 방어하는 데 협력 가능한 유저들의 수는 일천이 채 되지 않는다. 그것도 비전투 캐릭들인 바드들과 메이드까지 포함한 인원이다.

영지민인 NPC들?

…기대를 말자.

까마득하군.

하나,

"하하핫, 오우거 스테이크에 트롤 소스란 건가? 오우거 한 마리 잡으면 그게 얼마였더라?"

횡재가 찾아온 게 아닌가.

잡으면 최소 백만 원이라잖은가.

'돈으로 계산 좀 해봐요, 입이 찢어지지. 이봐요들~ 웃으라고요, 웃어요~'

…어, 정보창이 하나 더 있군?

Monster Status

어쌔신 길드 척후 정보. (분류 특급)

몬스터 제17군단.

분류 : 이족 보행의 설치류 몬스터로 구성되었음.

구성 : 코볼트 솔져, 코볼트 나이트, 코볼트 워리어, 코볼트 메이지 등,
크기 분류상 스몰(Small)로 등록된 이족 보행 몬스터. 코볼트
로드가 지휘함.

전력 : 오래전에 다갈 영지에서 창설된 군단으로, 개체 수는 알 수 없
음. 대략적인 개체 수는 1만에 달하는 것으로 보임.
각 영지의 코볼트들이 꾸준히 모여들고 있으며, 수많은 코볼트
광산 퀘스트가 이로 인해 중지 상태임.

특이 사항 : 코볼트 로드의 별칭이 이메가 코볼트임.

오, 마이 갓―!!

쥐새끼들이… 아니구나, 쥐 떼들이다.

코볼트… 원래 북구 설화에선 은광을 지키는 장난꾸러기
요정으로 등장한다. 한데 몇몇 창작물과 게임을 거쳐 가상 게
임으로 넘어와서는 혐오스러운 몬스터 이미지로 고정되었
다. 과거의 개머리 몬스터도 억울한데 최근에는 전형적인 쥐
로 묘사하고 있나. 선통 몬스터 중 하나인 쥐인간[Rat Man]을

이 안에 포함시켜 버린 셈이다.

그렇게 장난꾸러기 요정이 어쩌다 보니 쥐새끼가 되어버렸다. 개발자 마음이라는데 뭐라 할 것인가.

일단 생김새를 보자.

인간의 허리께에 오는 키, 검고 긴 비쩍 마른 얼굴, 뾰족한 주둥이에 난 철사 같은 수염, 반들거리는 붉은 눈, 유리를 비비는 듯한 찍찍거림… 결정적으로 전혀 공감할 수 없는 혐오스러운 꼬리!

그렇다. 사랑스러움과는 지구와 목성 간의 거리다.

바로 여성 유저들의 표정이 굳은 이유이리라.

코볼트들은 원래 초보 유저들의 레벨업 발판으로 등장하는 하급 몬스터 시리즈로, 가끔 로또 5등 당첨 빈도로 하급 마나석을 떨어뜨리어 주는 나름 고마운(?) 몬스터다.

하나하나 떼어놓는 식으로 유인해 손짓 한 번에 픽픽 넘어뜨릴 수 있어 어떤 게임이든 코볼트 사냥을 통해 유저들은 돈맛을 처음 배운다.

혐오하지만 미워할 수 없는 존재!

그렇지만 코볼트의 행동 특성상 최소 수십 마리씩 무리를 지어 필드를 누비기에 개별 유인이 만만치가 않은데다, 솔져급 이상으로 성장한 코볼트들은 조직적인 병진을 짜 유저들을 압도하기도 한다.

때문에 유저들의 구조 요청이 간간이 올라오는 게 하루에도 몇 번은 본 것 같다. 특히 야습에 능하고 야간엔 모든 능력이 10%가량 상승한다. 나름 전략 전술을 구사할 줄 아는 인공지능이 탑재된 몬스터라 하겠다.

야간에 불쑥 튀어나오는 코볼트의 습성에 여성 유저들이 연대를 꾸려 E&T에 집단 항의를 한 사건은 제법 유명하다.

그러나 평소엔 모여봤자 2~3백에 뭉쳐 봤자 1천 내외였는데, 무려 10만가량 집결했다 하니… 거참.

게다 코볼트 로드면 로드지, 이메가 코볼트는 또 무슨 말이냐?

아니나 다를까.

"붉은 루비는 좋지만 붉은 눈은 징그러. 징그럽단 말이야."

"메이드 퀘스트 중 맨손 쥐잡기의 악몽이… 으, 싫어. 절대로 싫어—!"

미요와 치리가 서로 손을 맞잡고 진저리쳤다. 그러다 서로 아차하며 손을 밀치고 홱 고개를 돌렸다.

하나 그 코볼트의 눈과 꼬리는 중요한 마법 시료로 쓰였다. 믿거나 말거나 식으로 '사랑의 묘약'에도 들어간다.

이것도 게임 설정이라는데 어쩔 것인가.

이클립스 운영위원들의 안색 역시 핼쑥했다.

그녀들은 가느다란 신음과 함께,

"하아, 10만이라… 지도에서 지우려고 작정을 했어."

"이제야 자리 좀 잡는가 했는데……."

하며 한탄을 쏟아냈다.

저런저런, 영지를 잃으면서 완벽하게 패배주의에 물들었구만.

이런 무거운 분위기가 싫었는지 큰곰이 무슨 큰 사실을 발견한 것마냥 말했다.

"그런데 다갈 영지면 파편 무구를 소유한 영지잖아?"

그러게. 다갈 영지에서 탄생한 코볼트 로드가 나랑 무슨 감정이 있다고 바미안으로 군세를 집결시킨단 말인가.

> 참고 사항:17군단은 그 자체로 13군단의 병참 역할을 하고 있음. 오우거 군단의 허기진 배를 완벽하게 커버함.

그럼 그렇지.

"오우거들의 따라다니는 도시락이 코볼트라는 말이군."

다들 끄덕끄덕거렸다.

오우거가 코볼트 꼬리를 잡고 한입에 꿀꺽!

코볼트로 배를 채우는 오우거들의 모습이 그려졌다.

큰곰이 아쉬운 듯이 말했다.

"보급 걱정을 그렇게 덜었어. 먹보 오우거 군단의 이동 속도가 빠른 이유야."

일단이 동감을 표했다.

"하급 몬스터가 다 그런 거지. 무려 10만이 아닌가."

일단의 말을 기다렸다는 듯이 라이벌(?) 헉스가 받았다.

"게임 한두 번 하나. 걱정한다고 몬스터 군단이 안 올 것도 아니고, 불평한다고 군세가 줄어드는 것도 아니니, 우리가 동원 가능한 전력이나 챙겨보지고."

라며 가슴을 탕탕 치면서,

"나부터 솔선하지. 나는 마에스트로의 권한으로 코볼트 꼬리 300개당 '풀 아머 세트'를 유저들에게 걸겠네."

좋았어, 마에스트로 헉스의 퀘스트 발생!

퀘스트로 유저들을 자연스럽게 방어전에 끌어들이자는 말씀, 지당하십니다.

그런데 두 분, 서로 눈 부라릴 필요는 없지 않나 싶습니다만.

하여간 꼭 만나면 신경전이라니까, 애들도 아니고.

아니나 다를까, 일단이 가볍게 코웃음을 날리며,

"훗, 그걸 퀘스트라고 주는 거야? 유저들을 너무 몰캉하게 보는군."

"뭐야?! 이 말라비틀어진 물장사가?!"

일단이 파르르 발끈하는 헉스를 노골적으로 무시하곤 나에게 공손히 고개를 숙여왔다.

"영명하신 영주님, 이 아크 메이지 일단은 퀘스트로 트롤 한 마리당 잘린 팔도 돋아나는 특제 포션을 10개 걸겠습니다.

당연히 바미안 영지에서 잡히는 트롤에 한해서입니다."

내가 무어라 치하의 말을 하기도 전에,

"흥, 잘린 팔이 돋아? 사람이 새싹이야?! 좋아, 나는 오우거 한 마리에 무구점에 전시한 최고의 무기를 걸겠어. 단 하나밖에 없는 무기들이야."

내가 찜해놓은 건데… 에이, 할 수 없지.

"오호, 그랴?! 그렇게 나오신다면야 이야기가 되지. 나는 자이언트 트롤 한 마리당 마나 회복 포션 제조 비법을 공개하지. 이 위대하신 아크 메이지 일단님의 비법이 퀘스트로 공개되기는 이번이 처음일걸?"

앗!! 스킬을 공개하다니… 이거, 떠돌이 메이지들이 몰려들겠는데.

"끄응… 흥, 그러시겠다면야 나는 마에스트로의 명예를 걸고 '무적의 방패' 제조법을 공개하지."

"… '어둠의 로브'를 걸겠어."

아니, 두 분, 잘 가다 왜들 그러세요?

이클립스들이 이 둘의 경쟁(?)에 황당한 얼굴로 나를 쳐다보았다.

어쩌라고…….

나도 못 말려요.

그리고 결정적으로 두 사람의 충성 레이스는 이대로 쭈욱 이어져야 한단 말씀.

"고작 그거야? 밑천이 일천하구먼. 나 일단은……."

"헹, 나 헉스는……."

아무튼 내 돈 굳어 좋은 일 아닌가.

'히이—'

*   *   *

"으르릉."

"크르릉."

일단과 헉스가 얼굴을 맞붙이고 사납게 으르렁거렸다.

핏대를 새우며 퀘스트를 남발하던 두 사람이 잠시 소강상태에 들어갔다.

이는 필살의 밑천을 준비하기 위한 숨 고르기이리라.

내 눈은 어색하게 웃는 이클립스들을 담았다.

이클립스는 5명의 대표가 참석한 상태로, 전부 눈 돌아가는 미인들이다. 단지 귀걸이나 목걸이 같은 액세서리를 부착해 자신들의 체형과 외모를 약간씩 보정한 상태지만 다들 오버 스펙인 누님들인 건 확실하다.

반면 미요와 치리는 어떠한 액세서리도 부착하지 않은 상태로 이 자리에 참석해 자신들이 보는 그대로의 자연 미인임을 그런 식으로 과시했다.

뭐, 여인의 외모에 대해 비교하는 것은 신사답지 못한 행위지만 비둘기와 공작의 차이가 이런 것이 아닌가 싶다.

뭐, 그렇다는 거다.

아무튼 이클립스들에게서 무언가 말하고자 하는 바가 있음이 느껴졌다.

먼저 형식적이지만 안부를 물었다.

"오랜만입니다. 이사한 장소는 마음에 드시는지?"

"휴우, 바미안의 가신들 중에 거물이 두 분이나 계신 줄은 오늘 처음 알았어요. 깜짝 놀랐어요."

대답이 없는 걸 보니 제공한 장소가 마음에 들지 않은 모양이구나.

하긴 아무리 구성원을 줄여도 500명이나 되는 길드원들이 이용하기엔 바미안의 기사탑은 비좁을 것이다. 그렇다고 한창 주가를 올리는 영주관을 비워주길 바라는 건 아니겠지?!

"아차차, 실례했어요. 매력적인 퀘스트들이라 생각을 정리한다고 영주님 인사에 엉뚱한 말이 튀어 나왔네요. 호호, 기사탑이 비좁긴 하지만 길드를 정비할 수 있는 공간을 가질 수 있는 게 어딘데요. 덕분에 길드원들의 이탈은 사라졌어요. 거기에 다시 돌아오는 길드원들도 있답니다. 이도 정령 클럽을 이클립스들에 한해 할인 혜택을 주신 덕택이라 보아야겠죠. 아무튼 신세만 지네요. 이 자리를 빌어 바미안의 영주님과 너그러운 가신단 여러분께 감사 인사를 전합니다."

"하하, 별말씀을. 덕분에 우리 바미안이 500에 달하는 동지를 얻었잖습니까.”

그렇게 어색함이 조금은 누그러졌다.

“그런데 죄송하지만… 한 가지 부탁이 더 있습니다.”

죄송해야 미인이지.

“말씀히 십시오.”

“공성전에 적극 참여하겠습니다. 대신…….”

“대신?”

“영지 외부 순찰이나 별동대 활동에서 이클립스들의 열외를 인정해 주십시오.”

어, 이건 무슨 뜻인가?

2개 군단이 침범해 정찰을 광범위하게 돌려야 할 장면인데…….

“이유가?”

“솔직하게 말씀드리면, 아직 길드 내부 사정이 좋지 않습니다. 덮어두었던 작은 앙금이 영지를 잃으면서 크게 야기된 상황이죠.”

“흠…….”

“부끄럽지만 길드원을 통솔하기가 여간 어려운 게 아니랍니다. 운영위원들의 권위가 무너진 상태라 길드원 개개인에게 일일이 지시내리기가 원활하지 않아요. 큰 틀에서의 합의만 지켜지는 정도랄까요.”

“그런 사정이 있었군요. 알겠습니다.”

그때였다.

담벼락 밑 도둑의 속삭임이 귓속을 파고들었다.

[이클립스들이 보유한 파편 무구가 어디 있는지 알아야 하지 않을까?]

맞다. 나도 궁금하다. 파편 무구 덕에 이렇게 고생하고 있는데 이클립스들이 가진 파편 무구에 관해선 들은 이야기도, 떠도는 이야기도 일절 없잖은가.

'미요의 정보망에도 걸리지 않고 있다는 것은…….'

나야 파편 무구를 두 개나 가지고 있으니까 동등한 입장에서 당당하게 질문할 수 있지.

"질문 하나 할까요?"

"예, 예."

"이클립스 길드에서 보관하고 있는 파편 무구에 대한 경비는 어떻게 하실 계획입니까? 영주성 경비와 상관되는 사안이라 그렇습니다."

"…그게."

지금까지 나를 상대하던 리더로 보이는 여성은 자신없는 목소리로 우물거렸다.

의외로군. 그리고 또 다른 의외.

"그 점에 대해서는 제가 말씀드려야겠군요."

"그쪽은?"

목소리 주인공은 얼음처럼 차가운 기운이 풀풀 풍기는 은

청발의 여성이었다. 어감에 감정이 전혀 느껴지지 않는다고 나 할까.

"이클립스 길드의 얼음꽃이라 합니다. 사실 전 운영위원이 아닙니다. 이 자리에 있을 자격이 없죠. 하지만 파편 무구에 관한 협상과 상담을 무구의 주인으로부터 전적으로 위임받은 상태입니다."

오호라, 파편 무구의 주인이 운영위원들을 신뢰하지 않는다?!

눈앞의 이클립스 운영위원들이 신망을 잃었다는 게 사실이리라.

얼음꽃의 발언에 운영위원들의 인상이 딱딱하게 굳어지며 분을 누르는 모습을 보였다.

길드 내 파벌 다툼으로는 보이지 않는 모습이다.

'그런 거였어, 분란의 핵심에 파편 무구가 있음이야.'

"말씀하십시오."

"먼저 밝혀둘 게 있습니다. 이클립스 길드가 보유한 파편 무구는 전적으로 개인이 획득한 아이템입니다. 아이템 획득 과정에서 길드의 공헌이 전혀 없었고요. 그러니까 길드의 공동 자산이 아니라는 것입니다."

얼음꽃의 발언을 운영위원들도 마지못해 인정하는 분위기였다.

하지만 무언가 반발하고 싶지만 억누르는 듯한 느낌이 다

분했다.

"아무튼 무구의 경비에 관해선 영주님의 협력을 구하고 싶습니다."

"협력이라 하심은?"

협력도 협력 나름 아닌가.

"가신단 가운데 한 명을 경비조에 파견해 주세요. 더불어 파편 무구와 경비조를 영주관으로 옮겼으면 합니다."

얼음꽃은 그렇게 말하면서 운영위원들을 의심심장한 눈으로 훑었다. 순간 싸늘한 기류가 공간에 휘몰아쳤다.

'뭐야?! 이 정도면 완전히 적과의 동침 수준이잖아? 오호라, 무구의 주인은 운영위원들을 따돌리길 원하는군.'

얼음꽃의 말에 운영위원들이 발작하려다 간신히 자제하는 모습이 역력하게 느껴졌다.

나는 이클립스 운영위원들을 하나하나 바라보며 어깨를 으쓱해 보였다.

"그러고 싶다는군요?"

이에 리더가 무겁게 입을 열었다.

"…괜찮습니다. 어차피 저희 길드와 영주님과의 연락책은 있어야 한다고 생각하니까요. 무구의 주인에게 격이 맞는 대우는 해줘야겠죠."

"그럼?"

"영주관으로 무구의 주인이 옮겨가는 것에 반대하지 않겠

습니다. 단, 경비조는 저희가 선별해서 보내겠습니다. 인원수
는 20인으로 하겠습니다."

나야 땡큐지. 그놈의 체면 때문에 참고 있었지, 같은 파편
무구 주인과 교류하고 싶었다.

파편 무구… 밝혀지지 않은 비밀이 오주 많은가.

아무튼 리더는 무구의 주인을 호위한다는 명목으로 감시
를 하겠다는 것이었다. 신경전이 장난이 아니군.

'아, 이 누님들도 인생 고달프게 사는구나.'

얼음꽃이 리더에게 고개를 끄덕이는 것으로 차가운 신경
전은 끝이 났다.

"알겠습니다. 무구의 주인과 경비조를 위해 넓고 전망 좋
은 공간을 비워두겠습니다."

파편 무구의 주인이 영주관으로 옮겨온다는 말에 가신단
들의 반응은 각양각색이었다.

미요는 '이게 아닌데'라는 아리송한 얼굴로 고개를 갸웃
거렸고, 형제 곰들은 그저 좋아 죽겠다는 얼굴, 일단과 헉스
는 거주 공간이 공방과 마법사의 탑이라 나보고 알아서 하라
는 반응이었다.

단, 소리 누님과 골든보이, 솔로만이 차갑게 눈을 번뜩이며
얼음꽃을 유심히 담고 있었다. 정확히는 얼음꽃 특유의 은청
발 머리카락이었다.

현재 이 세 사람이 내가 소상한 파편 무구의 최종 경비들

맡고 있다.

아무튼 이렇게 바미안의 영주관에 파편 무구가 3개나 모이게 되었다.

자, 그럼 누굴 꽃밭에 파견하나.

＊　　　＊　　　＊

"이들이 딱인데……."

곰 형제는 '가면 당연히 첩자 취급에 말도 못 붙이게 분위기 험악할 텐데'라며 지금의 어장(?) 관리가 좋단다.

왜 아니 그럴까. 여하간 도움이 안 돼요.

"수련의 막바지라 기다려 달라 했지……."

골든보이와 솔로 형은 퀘스트 수행과 용병들을 모집 중이라 시간이 빠듯하다.

"이분은 시간대가 달라……."

주부인 소리 누님 말이다.

"이들은 당연히 안 되겠지……."

영주인 매서커 지오야 퀘스트를 발생시키며 영주창을 붙들고 씨름 중이라 패스.

결코 미요의 거대한 음영이 느껴져서가 아닙니다.

"이도 안 되겠군……."

데스 로드 지오는 필드에서 영체들을 이용한 정찰 임무를 수행 중이기에 패스.

치리의 망연한 눈빛이 느껴져서가 절대 아님.

"당연히 아니 되옵니다."

멘탈 지오야 두말하면 잔소리. 캐릭 가운데 최대 수익을 올리고 있으니 완벽한 열외자다. 하루에 백만 원… 아차, 발설하고 말았다. 그래 하루에 백만 원 번다. 지오 경사 났다, 났어.

아무튼 멜퀴에게 조명을 몰아줘야 한다니까.

"인재 부족이로고……."

테이머 지오는 레드 홀과 진지공사에 열중하고 있으니 이도 패스. 매드 메이지 지오나 메이지 지오는 강철거인을 연구하고 아이템 제조와 스킬을 올리느라 나름 공사다망하다.

거기에 헉스와 일단의 수발도 들고 있다.

그러나,

"…있다!!"

캐릭 가운데 할랑한 지오는 단 한 명 남았다.

글루미 선데이(Gloomy Sunday) 같은 녀석…….

한 손을 가슴에 가지런히 모으며,

"다크 엘레멘탈리스트 지오라 합니다. 다크 지오라 불러주십시오. 아름다운 이클립스 여러분, 잘 부탁합니다."

마이너스 정신 계열임에도 밝은 음색으로 경쾌하게 인사

를 건넸다.

그러자 안면있는 얼음꽃이 대표로 나서 인사를 받았다.

"환영합니다. 불청객인 저희야말로 잘 부탁드립니다."

"하하, 불청객이라니, 별말씀을……."

…알긴 아네.

천장 높은 방엔 얼음꽃을 비롯해 20인의 여성 유저가 누군가를 완벽하게 가리는 식으로 늘어서 있었다.

내가 얼굴을 반절이나 가린 유리 가면을 착용해서인지, 미미한 적의와 선명한 경계심이 모아지는 게 느껴졌다.

웬 가면이냐고?

이 가면은 여성 유저들에게 불순한 색기(?)를 뿌려댈까 봐 미요가 착용시킨 것이었다.

흑흑, 그런 것이다. 다중 플레이어의 고뇌가 느껴지는가?

나 이렇게 살고 있다.

아무튼 가신단의 면목을 많은 유저들에게 노출시킬 필요도 없다는 의견이 지배적이라 겸사겸사다. 적이 오죽 많은가.

'그러나, 벗뜨! 왜 환영의 탄성이 왜 나오지 않느냔 말야—!!'

이 방엔 유일한 홍일점… 아니, 청일점 아닌가.

이 누님들은 게임을 너무 심각하게 받아들이는군.

나름 서먹한 분위기에 적응하는데 맨 뒤에서 가늘고 고운 목소리가 흘러나왔다.

"저도 인사하고 싶어요."

오호, 드디어 파편 무구의 주인공 등장이신가.

왠지 귀 기울이게 하는 마력이 담긴 목소리다.

차착, 말이 끝나기가 무섭게 앞을 가린 대열에서 사람 하나 지나다닐 정도로 열리며 그 빈 공간 끝에 등받이가 과장되게 긴 의자에 앉아 있는 인물이 보였다.

'설마… 인형?'

아니다.

화악— 하고 시선을 끌어당긴다.

다가가고 싶은 당김이 그만큼 강렬하다.

눈과 눈이 마주치자 주변의 모든 사물이 정지한 것 같은 느낌이 몸을 관통했다.

'이런!'

모든 게 작다. 작은 얼굴, 허리까지 내려와 찰랑거리는 은발에 옅은 붉은 톤이 가미된 보라색의 큰 눈, 오독한 코, 진한 분홍색 입술, 끝으로 갈수록 옅어지는 붉은 눈썹… 얼굴은 그렇다 치자.

한데 전혀 어울리지 않은 미망인풍의 검은 드레스라니.

거의 2D 만화에나 나올까 싶은 미형 캐릭이 아닐 수 없다.

그런데 이런 미형을 유도하기 위한 체형과 얼굴을 보정하는 액세서리 아이템의 흔적은 그 어디에도 없었으니… 이것은?

잇츠 미러클─!!

기적에 가까운 쌩얼 유저가 있다니!

게다 순결함과 이질적인 퇴폐스러움이 한 몸에 공존하고 있다.

그러나,

'하이구, 신의 질투가 이런 곳에서 나타나는군.'

인형 같은 얼굴엔 기적일 수 있는 신장과 몸매의 축복은 없다는 것이었으니… 말 그대로 발육 부진의 일자 몸매. 고로……

'…신은 공평하다!'

왠지 내 안의 늑대가 속 쓰려 했다.

어쨌든 전체적으로 기막히게 어울린다는 것이다.

24시간 내내 미인들과 지내 눈만 드높아진 이 지오님을 이다지도 놀라키다니.

'쌩얼 미형 유저가 파편 무구의 주인공이시라… 의외는 의외야. 아차차! 저 모습에 속으면 안 돼!!'

잊었는가? 파편 무구가 어떤 아이템이던가?

저 여린 체구로 배틀 로얄에서 성물을 획득했다는 것은 다름 아닌 무시무시한 능력에 독한 심기의 소유자라는 것이 아니고 무엇이랴.

게다 눈앞의 소녀는 길드에 속해 있으면서도 그걸 개인 소유로 유지한 채 홀로 지키고 있기까지 하다.

'성깔이 보통은 넘겠지.'

방금 장면도 그렇다. 오히려 집행위원도 아니면서 말 한마디로 자신을 감시하러 나온 길드원들을 자연스럽게 부리고 있잖은가.

아니나 다를까, 그녀는 커다란 눈으로 나를 주시하면서 뜨개질을 멈추지 않고 있었다.

실핏줄이 보일 정도로 투명한 손에 피 같은 붉은 실이 걸려 있는 것이 왠지 섬뜩했다.

손님임에도 주인 행세가 너무 자연스럽다, 살짝 기분 나쁠 정도로. 완전 여유 덩어리다.

어디서 저런 여유가 나오는 것일까?!

서로 말없이 주시하는 가운데 소녀의 나에 대한 탐색이 제법 끈끈했다.

그렇다면 고유의 생존 스킬, 역지사지 발동!

외모, 빈약한 체형… 껍데기는 모두 지웠다.

오직 능력, 능력밖에 없다.

가슴 한가운데로 찬바람이 스며들며 자연스레 눈앞의 인형 같은 소녀가 최소 골든보이 급의 고수로 보이기 시작했다.

'…혹시 이것이 무림 고수의 풍모가 아닐까. 반로환동했다는 식의……'

자, 이제 그럼 소녀는 내가 자신을 어떻게 보고 있길 원할까?

첫인상에 홀린 것이 정답일 것이다.

전체적인 첫 느낌은 '어린애 아냐?' 라는 의문이 제일 먼저 들었기에 나는 얼른 감탄한 눈에서 미심쩍어 하는 눈으로 전환했다.

역시 그런 눈빛을 자주 접해서일까, 나의 긴 관찰에 무구의 소녀는 반발심이 느껴지는 어투로 쏘아붙여 왔다.

"미성년 아니거든―!!"

실례를 하니 바로 반말로 반격하는군. 뭐, 내가 잘못한 건 맞으니.

"아차차, 실례했습니다. 전부 미인들이라 어디에 눈을 두어야 할지 몰랐습니다."

"흐응, 그 말은 내가 미인이 아니니까 뚫어지게 보아도 되는 대상이라는 말? 이 아저씨, 은근히 사람 긁네."

헉, 아저씨? 확, 솔직하게 말해 버려?!

'너! 사람 탈을 쓴 여우지?!' 라고.

'릴렉스, 릴렉스. 그래도 손님이잖아.'

임무를 부여받은 입장이니 약간의 호들갑을 떨어보일 밖에.

"노노―! 그럴 리가 있겠습니까. 순간 인형이 아닌가 하고 어리둥절했을 뿐입니다. 오우, 믿기지 않습니다. 지금도 뿜어져 나오는 미모의 아우라에 적응이……."

눈 부신다는 듯 두 손을 눈에 가져다 댔다, 손가락 사이를 벌려 두 눈은 문제의 그녀를 담도록.

그러자,

그녀의 웃음 사이로 덧니 끝이 살짝 보였다.

"킥, 바람둥이."

호곡, 그걸 어떻게 알고? 너 역시 선수?

이런, 말려들면 안 되지.

"하하, 바람과 친하긴 합니다만, '둥이'는 아니랍니다. 다크 지오라 합니다. 아름다운 소녀는?"

"홍, 입에 발린 소릴 잘만 하면서… 바람둥이 맞구먼. 아무튼 전 실버 레인, 한글로 하면 은비지만 너무 고전틱해서 실비라는 애칭으로 불려요."

비실비실이 더 어울리지 않을까?

"오오, 은의 비라… 머릿결하고 너무 잘 어울리는 캐릭명이십니다."

좀 더 아부로 방방 띄워주려는데 갑자기 그녀의 분위기가 일변하며 정중하게 내게 고개를 숙이는 것이다.

서로 장난 그만 치자는 것인가?

"이클립스에 기사탑을 내어주신 것도 과분한데 흔쾌히 영주관 내에까지 저를 위한 공간을 만들어주셔서 진심으로 감사하고 있습니다. 바미안의 영주님에게 제 인사를 꼭 전해주세요."

"옙, 당연히."

OK! 접수했어. 막가는 싹퉁머리는 아니군.

"…사실 길드원들과 좁은 기사탑에서 마주치다 보니 언쟁이 끊이지 않았어요."

"……?"

"저 때문에 영지 잃고 길드 사교계에서 축출당했다고 생각하는 분들이 대다수거든요."

좁은 기사탑에서 작은 고양이가 털을 세우고 다른 고양이들에게 기세 좋게 덤비는 그림이 그려졌다.

"저런저런."

나는 동정이 아닌, 절대로 그녀 편이라는 눈으로 실비를 담았다.

한데,

"…바.보.들."

"……!"

누구를 지칭함인지 뻔했다.

실비를 호위하기 위해 파견 나온 길드원들의 인상이 싸늘하게 굳었고, 몇몇은 실망하며 섭섭해하는 표정이 역력했다.

그녀의 대리인을 자처했던 얼음꽃마저 고개를 절레절레 흔들었다.

'허, 쬐그만 게 완벽한 트러블 메이커의 전형이잖은가.'

하나 과연 그런 이유만으로 영주관 내부로 옮길 필요가 있었을까?

꿍꿍이속이 느껴지기는 한데 과연 그 주체가 누구냐, 라는 것.

묘하게 지금 이 상황은 2년간의 경험과 약간 일치하는 점이 있다는 것이다.

그곳은 최첨단 기업 첩보전의 중심이었다. 나야 쓰고 버리는 말이었지만 내가 선의로 다가간다고 상대가 전적으로 선의로 다가오지 않음을 뼈저리게 경험할 수 있었다.

당시 작전명이… 그래, 트로이의 목마였다.

'후후, 뚜껑이야 곧 열리겠지. 그때까지 황송할 정도로 귀빈 대접은 하겠습니다.'

"밤이 되면 영주관이 번잡스럽게 변하겠지만 여기 계신 분들은 전원 프리 패스입니다. 귀빈에 대한 배려입니다."

"호호, 반가운 제안이지만 저는 아직 더 클 나이인지라 그 시간엔 잠을 자야 한답니다. 여기 있는 언니들이나 친환경 나이트에서 살 빼는 데 이용하라 그래요. 뚱땡이들."

하이구, 말하는 본새 봐라?! 주변을 사정없이 긁어대는 게 영락없는 막가파식 부아거리이리라.

"…그래도 혹시 모르니 이 팔찌를 차도록 하십시오. 바미안의 친구로서의 출입증입니다. 어느 시간이든 영주관을 출입하는 데 문제없을 것입니다."

"팔찌… 어마, 예쁘다!"

걸렸다!

'그럼, 위치 추적 마법을 걸었는데 그걸 숨기려면 큼지막한 보석을 박아야 되는 것이지.'

미요의 컬렉션에서 협찬 좀 받았습죠. 물론 협찬 받기가 쉽진 않았다.

하나 어쩔 것인가, 내가 그녀를 다리품 팔지 않고 보석들이 그냥 굴러들어 오는 위치로 끌어올렸잖은가.

나의 성공은 곧 그녀의 성공!

그렇다. 나는 미요의 착취 구조에서 완벽하게 벗어났다. 아무튼,

"그렇습니다. 출입 기능에 어둠 속에선 형광빛이 나는 기능까지 있어 클럽 클러빙 시 환상적인 도구가 되기도 한답니다. 이클럽스님들을 위해 특별히 신경 썼습니다. 계시는 동안 긴장 풀고 즐겨주십시오."

실비를 중심으로 팔찌를 받아 든 여인들의 눈빛이 몽롱했다.

"…이런 보석을 어디서 구하지?"

"그러게. 나도 오늘 처음 봐. 세공도 마에스트로 장인이 직접 했네."

"어머나! 진짜야!!"

들뜬 소란스러움이 방 안을 지배했다. 그럼에도,

캬홍— 하며 미요가 토하는 토라짐의 환청이 지금도 들리는 것 같다.

아무튼 여인들의 시선 집중!

역시 고양이 눈알만 한 보석의 위력으로 여인들의 경계를 단번에 누그러뜨렸다.

"주세요. 전… 건강한 붉은 보석이 박힌 걸로."

"예, 예. 여기 대령했습니다."

실비가 자청해서 욕심을 내자 얼음꽃을 포함한 파견 나온 20인의 길드원들까지 아무 의심 없이 팔찌를 나눠 받았다.

보석 팔찌 자체가 차별성을 강조한 출입증이기에 다들 약간의 우월감을 만끽할 수 있으니 그런대로 만족하는 얼굴들.

약간의 어수선함으로 경직된 분위기가 많이 누그러졌다.

실비가 루비가 발하는 건강한 붉은빛을 바라보며 질 수 없다는 듯 말했다.

"저도 가만있을 수 없지요. 배려 깊은 영주님과 수고해 주신 다크님을 위해 망토를 만들어 드리고 싶어요. 부디 사양 마시길."

"에……."

인형이 걷는다.

말릴 틈도 없이 가느다란 은색 줄자를 짧은 팔을 이용해 내 몸 구석구석 가져다 댔다. 그리고 슬쩍 마주친 눈에선 '무슨 속셈인지 다 안다'며 말하고 있었다.

'…그리고 서로 협조하자고?! 이건… 쪽지!'

자연스런 접촉이 있었고, 손끝이 닿을 때마다 정보들이 톡

톡 넘어오는 것이다.

'녹취록, 지형도, 몬스터 군단 배치도, 사제단의 조직도…메시지.'

뭔 놈의 정보가 많기는 왜 이리 많아?!

나보고 뭘 어쩌라는 거야?

나의 의문에 아랑곳하지 않고 치수 재기에 열중하는 실비.

두 가지 일을 하면서도 자연스러운 것이, 영락없는 연기파다.

"아이, 기분 나빠!"

"……?"

"…이런 이기적인 체형이 제일 싫어! 칫, 피가 3배나 들게 생겼네."

"피? 블러드(Blood)?"

"우우, 이런 사기 같은 모델 급 비율이라니."

"그러니까……."

"그러니까 망토의 색깔은 붉은색인 줄 아세요. 영주님도 같은 치수죠?"

"아니, 그러니까……."

일방통행식의 대화가 이어질 게 뻔하다.

캐릭 감 잡았어!

이런 캐릭은 혼자 짖고 까불게 내버려 두는 게 상책이다.

"…체구가 비슷합니다."

그리고 조금 전부터 얼음꽃의 눈빛이 상당히 거슬릴 정도로 나와 실비의 접촉을 주시하고 있었다.

당장 떨어지라고 으름장을 놓을 듯한 얼굴을 하다 곧바로 특유의 무표정으로 전환했지만 주어진 팔찌를 미심쩍은 눈으로 담을 때부터 주시했기에 간발의 표정 변화를 읽을 수 있었다.

이는 분명 나에 대한 경계가 아니었다. 인형을 닮은 이 아가씨에 대해서였다.

'오호, 실비가 경계하는 게 바로 당신이었어? 역시 이클립스 길드 내부는 꼬일 대로 꼬여 있군.'

그때 실비의 손끝이 내 손등을 스쳐 지나갔다.

싸하게 차갑다.

사라라락—

실비가 '인연의 붉은 실'로 당신과 연결하였습니다. 이 붉은 실은 당신과 실비의 눈에만 보입니다. 이 실을 따라가십시오! 원하는 인연을 찾을 수 있을 것입니다.

허거덕?!

이 꼬마가 어디서 작업을?! 너마저 나에게 첫눈에 반한 거야?

안목은 있어 가지고.

> 인연의 실로 연결된 당신은 실비의 위치를 쫓아갈 수 있으며 실비가 거쳐 간 모든 관문을 통과합니다.
>
> ※이는 비밀의 문, 클래스 인증 절차를 무시합니다.

…아니구나.

자신의 뒤를 추적해 달라는 것이다. 일종의 은밀한 초대인 셈.

그런데 날 언제 봤다고? 그렇다는 것은?

'주변에 믿을 사람이 없군. 다들 참 힘들게 사는구만. 어쨌든 초대를 하는데 마다할 지오님이 아니지.'

혹시 아는가, 파편 무구의 쓰임에 대해서 내가 모르는 정보를 알게 될지.

호기심이 고양이를 죽인다. 아니, 지오를 죽인다.

Act 02
타이틀이 무엇이건데

機甲戰記
Massacre
기갑전기 매서커

붉은 머리에 커다란 녹색 눈의 소녀가 광장에서 외치고 있다.

"우리들의 성의를 모읍시다! 바미안 성을 지키는 데 우리 힘을 보탭시다! 전비를 모금합니다. 1쿠퍼라도 좋아요ㅡ!!"

바로 룰라, 영주 직속 정탐꾼으로, '작은 숙녀' 라는 암호명을 부여받은 NPC다.

연약한 소녀지만 NPC여서인가, 내성 광장을 오가는 유저들의 반응이 차갑다.

"뭐야?! 모금 형식을 띤 구걸인가?"

"성이 넘어가기 진에 꼬마까시 한몫 챙기겠다는 것이지.

요즘 NPC들은 꼬마까지 사기를 놓아요."

"그런 데 신경 쓰지 말고 어서 이동 게이트나 타자고. 곧 몬스터 군단이 들이닥칠 거야."

"그렇지. 어서 가지고."

용기를 낸 룰라의 눈에서 눈물이 한가득 고였다.

부유한 유저인들의 냉담한 모습도 모습이지만 바미안 성을 떠나는 유저들이 여간 섭섭하지 않은 모양이었다.

그냥 지나가려던 내가 못 봐줄 정도였다.

"어어, 작은 숙녀."

"…영주님, 흑……."

눈물을 훔치고 억지로 웃음을 지었다. 누가 이런 인공지능을 설계했는지…….

"와, 전비를 모금한다고? 이거, 너무 고마운데? 그럼 내가 제일 먼저……."

나는 골드 한 닢을 꺼내 룰라 앞의 모금함에 넣었다.

땡그랑—!

"어라? 언제 이렇게나 모은 거야?"

"…제 저금이에요. 전부 쿠퍼지만요."

"……!"

이 아가씨 좀 누가 말려줘!

가슴이 시큰거려 미칠 지경이다.

나는 룰라의 머리를 쓰다듬었다. 꽉 끌어안고 싶지만 그러면 큰일 나기에 간신히 억제했다.

"이슈타르 인들의 1쿠퍼는 1골드의 가치가 있지. 나는 그렇게 생각해. 그러니 너무 무리하지 마세요, 우리 꼬마 숙녀."

"…감사합니다. 흑……."

"……."

그러니까 울지 말라고!

나는 손수건을 꺼내 룰라에게 건네주고는 달아나듯이 진지 공사장으로 향했다.

뒤통수가 뜨끔했다.

"바미―!"

"예, 영주님."

"지금 이후로 바미안을 떠나는 유저들은 일 년간 게이트 이동 제한 명단에 올리도록."

"현명하십니다."

나 싫다고 가는 건 좋다. 안 말린다.

그러나 애는 울리진 말아야지.

아무튼 룰라를 울린 놈들, 바미안에 다시 오려면 고생깨나 할 것이다.

그때였다.

땡그랑―!!

Lord

자발적인 모금.

'이슈타르 인의 1쿠퍼는 1골드의 가치가 있다라……'

돈에 관해 냉정한 이슈타르 인들의 마음을 움직였습니다.

작은 숙녀가 시작한 전비 모금에 영지민들이 대거 참여하기 시작했습니다. 금액은 미약하지만 이런 일은 전 세계 E&T를 통해 처음 있는 일입니다.

모금함에 1쿠퍼가 쌓여갑니다.

유저 영주를 위한 이슈타르 인들의 모금… 놀라운 일이 아닐 수 없습니다.

영주 레벨이 올랐습니다. 영주 레벨이 5입니다.

영주 포인트 100이 주어졌습니다. 누적 포인트 2,600입니다.

나는 여자를 울리는 놈이 제일 밉다. 고로 나는 내가 제일 밉다.

*　　　*　　　*

"에엑? D급 용병의 한 달 고용비가 10골드에 숙식 제공이라니……."

미친… 돈도 벌었겠다, 처처에 널린 사람들처럼 돈질하고 싶지만 이런 바가지는 사양이다.

다른 상위 용병들의 고용비에 대해선 말할 필요조차 없다. 기가 막혀 말이 이어지지 않았다. 이에,

"나는 당신을 믿을 수 없소!"

2미터가 넘는 장신에 꽉 짜여진 체형의 기사가 무뚝뚝하게 내뱉었다.

"사실 지금 바미안의 행태는 이해할 수 없는 그림으로밖에 보이지 않소이다만. 케헴—"

검은 로브에 후드를 둘러쓴 인물이 성별 모호한 음성으로 이죽거리는 투로 한 말이다.

"고로, 바미안의 영주께서 마지막 사익을 취하기 위한 시간을 벌기 위해 우리가 잠시 필요한 게 아닌가 하고 의심할 수밖에 없습니다. 그러니까, 저희 용병단의 고용은 영지 방어가 아닌 영주 호위로 전환하는 게 맞지 않을까 합니다. 당연히 의뢰비에 대해 좀 더 깊은 고찰이 필요하지 싶고요. 바미안의 로드시여—"

깃을 세운 잘 빠진 카키색 코트에 검은 뿔테 안경을 착용한 인물이 고지식한 투로 말했다.

'하아— 세 놈이 가지가지 한다.'

아무튼 같은 유저라 개성 강한 티를 풍겨 좋게 들리는 말 하나 없다.

이들? 용병단장들이다.

캐릭의 성장을 위해 NPC와 유저들이 뒤섞인 용병단을 운영하는 유저로 말을 꺼낸 차례대로 소개하자면,

빈란드 전사단의 인간 철탑, 빈란.

혹의 마법용병단의 뼛속까지 검다는 지킬.

풀잎 정령사단의 자칭 이지적인 남자, 카키다.

하나같이 아스트랄계 가상 인류들이라.

이들은 모모 가신들의 소개로 바미안에 오기는 왔는데 정식적으로 고용 계약을 맺음에 순순히 고용에 응할 것이지, 감히 이 지오님을 상대로 딴지를 거는 것이다.

뭐가 불만인지 나를 용납할 수 없다는 눈들이다.

마침 한밤이라 영주관은 요란한 음악으로 건물이 웅웅 울리고 있다.

'돈 냄새를 맡았다, 이거지? 재수없군. 소개한 사람만 아니면… 고용해, 아님 말아?!'

좋아, 그렇다면… 나는 매서커의 위엄을 일으켜 말했다.

"서로 솔직합시다. 결국 **성의** 문제 아닌가요? 제가 여러분에게 보여드릴 성의에 대해 어디 한번 구체적으로 이야기해봅시다."

내가 일으킨 기세로 공간이 조여오자 다들 반걸음 내지 한

걸음씩 놀라며 물러났다.

"이익……."

"크으……."

다들 눈이 휘둥그레졌다. 왜 아니 그럴까.

이 장소 자체엔 스킬 락이 걸려 있다. 조건은 공평하다.

순수한 동화율과 집중력만이 자신의 능력을 드러낼 수 있는 유일한 수단이다.

이들은 동화율을 끌어올려 내게 대항하려 했지만 내가 장악한 공간에 대해 좀처럼 자신들의 영역을 만들어내지 못하고 있다.

저항이 가장 거센 빈란의 이마엔 힘줄이 꿈틀거렸고, 다른 이들도 상황은 마찬가지리라.

이로써 능력 차가 명확하게 드러나는 순간이다.

> 영주의 위엄이 자연스럽습니다. 공간 장악력이 놀라울 정도입니다.

순간적으로 벌어진 일에 세 용병단장의 얼굴이 보기 좋게 구겨졌고, 자존심이 상했는지 빈란과 지킬이 반사적으로 투기 넘치는 자세를 취했다.

그 사이로 카키가 손을 들며 급히 끼어들었다.

"친구들, 고용주와 상담이 어렵더라도 물리적으로 엉기는 경우는 없네. 잠시만… 영주님이 용병들의 세계를 전혀 이해

못하시는 것 같으니, 일단 대화는 내가 맡도록 하지."

빈란과 지킬은 끄응~ 하는 작은 신음을 토하며 나를 외면했고, 카키가 안경을 고쳐 쓰며 설명조로 말해왔다.

"우리는 위험에 빠진 사람을 상대로 이득을 취하는 몰염치한 유저가 아닙니다. 우리가 거느린 용병단의 구성원 중 대다수가 이슈타르 인들입니다. 즉, NPC들이죠. 죽으면 그냥 사라지는 인공지능입니다."

"흠……."

그의 어감엔 일종의 책임감이 느껴졌다. 일종의 공감이라치자. 그렇다고 공간 장악력을 풀지 않았다.

여전히 저들의 눈은 나를 얕잡아 보고 있으니까.

그래서인지 내 눈을 직시하며 카키가 말을 이었다.

"하나 저에겐 유저들보다 더 큰 애정을 느끼는 존재들이 그들입니다. 그들의 땀과 눈물, 피로 제가 성장해 이 자리에 서 있는 것이니까요"

"……!"

묘한 동질감과 진실성이 느껴졌다.

영지민들을 통해 영지가 성장하는 것과 용병단원들을 거느려 한 개인이 발전하는 것은 유사한 성장 시스템이리라.

당연히 그 과정에서 동료 NPC에 대한 감정 투사가 없다면 캐릭의 성장이 이루어질 수 없을 것이다.

"그런 이유로 그들을 책임진 수장으로서 위험이 빤한 구렁

텅이에 밀어 넣을 순 없는 것입니다. 위험에 응당한 대가는 있어야 되는 겁니다. 빈란님과 지킬님의 생각도 저와 같으실 겁니다."

"그 말은?"

"어려운 게 아닙니다. 용병단과 용병단의 구성원들을 움직이는 것은 고용주의 능력입니다."

"능력?"

"능력에도 여러 가지가 있지요. 금력과 무력이 대표적으로, 우호 세력도 하나의 능력이지만 바미안의 영주님은 열외로 쳐야겠죠. E&T에서 내놓은 트러블 킹에게 우호 세력의 지원은 기대할 수 없는 것이니까요."

"끄웅……."

안경잡이 주제에 아픈 델 대놓고 찔러요.

"하하, 아무튼 용병단 대다수 구성원들이 영지님의 무력에 관해 의구심을 가지고 있으니 단원들을 설득하기엔 그만큼의 금력이 뒤따라야 한다, 이겁니다."

아니, 그렇다면 내 금력을 의심할 것이지, 왜 실력을 의심하지?

나는 분명 이슈타르 인들이 바라 마지않는 영웅상으로 부각되었다.

그런데 왜 같은 이슈타르 인인 용병들은 그 점을 인정하지 않는 것일까?!

짐작은 갔지만 물었다.

"도대체 이슈타르의 용병들이 인정하는 고용주의 무력 척도는 뭡니까?"

"흠, 그건 바로… 타이틀입니다."

"타이틀?"

이미 있잖은가?

'삼성 영주(三省 領主)'라는 타이틀이 용병들에겐 모자란단 말인가?!

"용병들이 인정하는 타이틀은 아주 단순합니다. 그 사람이 어떤 모험을 하고 그 모험에서 동료들에게 어떤 인정을 받았냐는 겁니다."

"구체적으로?"

"상인이나 장인 계열 이슈타르 인들이라면 '친절한'이라든지, '듬직한'이라든지가 있지요. 저희 용병 사회에선 네임드 몬스터를 사냥했을 시, 헌터(사냥꾼)―슬레이어(척살자)―디스트로이어(파괴자)―데몰레이셔너(말살자)―퍼니셔(징벌자)순으로 붙은 타이틀을 우선시합니다. 강한 동료를 바로 알아볼 수 있으니까요."

"아!"

몬스터 토벌 전문 용병단답다 할까.

"그런데 영주님은 유저들과의 마찰을 통해 획득한 영지와 영지민의 신뢰만 있을 뿐, 네임드 몬스터를 사냥한 이력은 전혀 없더군요.”

역시 그것이었다. 나는 유저들과의 투쟁만 했으니 용병들이 원하는 활동과는 거리가 멀었다.

이들과 용병들이 나에게 가진 불신감이 자연스레 이해되었다.

기상 세계에서 게임 외적인 것을 통해 이득을 취하는 부류로 보고 있음이다.

전문적인 PK로 부를 축척하는 유저들이 좋게 보일 리가 없다.

“거참, 선호하는 업적의 차이란 것이군.”

“그렇습니다.”

“좋습니다. 그러면 본 영주가 어떤 타이틀을 거머쥐는지 지켜보고 용병 계약에 대해 다시 협의토록 하죠.”

나의 제안의 용병대장들이 벙찐 얼굴이 되었다.

타이틀 획득이 무슨 장난이냐는 태도였다.

그에 나는 눈으로 말했다.

‘그래, 내가 원래 철이 없다. 그렇게 살래.’

카키가 고개를 절레절레 흔들며,

“타이틀을 획득하기란 그리 만만한 일이 아닙니다. 하여간 자신하시니 기회는 드리겠습니다.”

두둥—

Quest

용병들과의 교류.

'여전히 오만하구만. 전형적인 벼락 출세자야.'

'용병들의 인정이 그냥 이루어지는 게 아니거늘.'

'우리 용병 사회를 너무 무르게 보는군.'

용병단장들은 당신의 능력 과신에 여전히 불쾌해합니다.

이들의 영향으로 바미안의 영주에게 '오만한' 이라는 타이틀이 잠정적으로 붙고 말았습니다. 오직 용병들에게만 보이지만 시간이 지날수록 타이틀이 고착화되어 모두에게 보일 수 있습니다. 용병들과 교류를 통해 불명예스러운 타이틀을 떼어버리십시오.

타이틀을 획득할 수 있는 시간을 3일 주었습니다.

'오만한' 이라… 나에겐 맞는 평가군. 그리고 3일이라… 넉넉하다.

참고. 용병들이 선호하는 타이틀 등급.

'헌터' 타이틀 획득 시 : 용병들을 당신의 이름을 기억할 것입니다. 용병 고용 계약 시 할인율 혜택은 없습니다.

> '슬레이어' 타이틀 획득 시 : 용병들은 당신을 친구로 인정하며 고용
> 계약 시 할인율 10%를 적용할 것입니다.
> 인스턴트 던전 출입 시, 정원 외로 용병 5인
> 을 고용할 수 있습니다.
> 용병단을 조직할 수 있는 최소 조건입니다.

　용병들을 고용하면 그 자체로 파티가 이루어지잖은가. 즉, 던전 독식이 가능하다는 말. 제법 매력적이다.

　'씽― 진즉에 타이틀을 획득할걸.'

> '디스트로이어' 타이틀 획득 시 : 용병들은 당신을 존경하며 의뢰비 정
> 산 시 할인율 25%를 적용할 것입니
> 다. 인스턴트 던전 입장에 용병 36명
> 을 대동할 수 있습니다. 마찬가지로
> 정원 외로 계산합니다.
> 용병 길드를 지역에 구축할 수 있습니
> 다.
> 의뢰비의 3%를 길드 운영비로 선(先)
> 공제합니다.

　…이 정도면 타이틀 획득에 목숨 걸 만하겠는데.

'데몰레이셔너' 타이틀 획득 시 : 용병들은 당신을 숭배하며 당신의 부름에 기꺼이 응할 것입니다. 본인이 위치한 도시와 주변 1개 영지에 등록된 용병들을 소집해 부릴 수 있습니다.

용병 훈련소를 개설할 수 있으며, 용병들을 교육시킬 수 있습니다.

당신이 개설한 훈련소를 거친 용병들은 자신들 소득 8%를 감사의 뜻으로 기꺼이 상납합니다.

헉, 소득의 8%나 삥을 뜯을 수 있단다.

눈앞의 용병단장들은 바로 이것을 추구함이리라.

'나 이제부터 타이틀에 목숨 걸래…….'

'퍼니셔' 타이틀 획득 시 : 용병들의 목숨을 얼마나 많이 구하느냐에 따라 부여되는 명예의 최고 타이틀.

용병들의 군주이자, 최고 재판관입니다.

용병들은 당신을 경배하며 당신의 지휘에 목숨을 겁니다.

본인이 위치한 도시와 주변 5개 영지에 등록된 NPC 용병들을 소집해 부릴 수 있습니다. 단 일인으로 그 어떤 세력도 당신을 무시할 수 없습니다.

캬아ㅡ 이런 세계도 있었구나.

"좋았어. 내가 타이틀 헌터가 무엇인지 보여주지!"

Quest

병 맛이야ㅡ!

'어이가 없군…….'

당신의 거듭된 호언에 용병들이 기막혀합니다.

성과를 얻지 못하면 용병들의 비웃음을 살지 모릅니다.

용병들 눈에 '말뿐인' 이라는 타이틀이 붙을 수 있습니다.

그 자체로 할증 요금이 부과되죠.

한번 붙은 마이너스 타이틀을 되돌리려면 엄청난 업적을 쌓아야 합니다.

부디, 매서커의 이름을 용병 사회에 인정받으시길…….

아무렴, '오만한' 매서커가 '말뿐인' 매서커가 되기야 하겠어.

어허, 내가 누구라고?

'바람둥이' 매서커라고ㅡ?!

…도움이 안 돼요.

　　　　　＊　　　　　＊　　　　　＊

쿠쿵-!!

성문이 열리기가 무섭게 강철거인으로 필드를 향해 내달렸다. 대지를 꾹꾹 눌러 밟으며 박력있게.

성벽 위에서 작게 환호하는 유저들과 영지민들에 골렘용 거검을 들어 하늘을 향해 크게 원을 그리게 답했다.

"오-!!"

함성이 더욱 커졌다.

오우거랑 맞붙은 적은 없다. 구경해 본 적도 없다.

그래서 다른 유저들이 공략한 동영상을 보며 연구했다.

Part 2로 넘어간 다른 나라 E&T에선 강철거인을 박살 내는 오우거도 있을 정도.

알려진 대로 덩치에 비해 대단히 영악한 몬스터임이 분명했다. 당연히 다가오는 위험에 성내 분위기는 가면 갈수록 얼어붙었다.

오우거가 숲에 웅크린다고 숨겨지는 몬스터가 아니니까.

게다 지금은 대놓고 무리를 이루었잖은가. 오우거 군단의 접근을 모르는 이가 없다.

영지민들의 청원이 줄줄이 이어졌다.

그런 가운데 드디어 이 바미안의 수호자님께서 마중 나가는 것을 보았으니 기대가 클 수밖에 없을 것이다.

내가 바로 이슈타르 인들이 바라 마지않은 영웅상이라잖은가.

살짝 위력 정찰 겸 청원을 빙자한 퀘스트를 수행하러 나선 것이다.

등 뒤를 기볍게 미는 함성이 오래도록 들려왔다.

돌아보니 성벽 위로 NPC영지민들이 한가득 들어차 붉은 곰이 그려진 깃발을 흔들고 있었다.

캐감동!

성벽의 백성들을 향해 골렘 확성창을 통해 내 의지를 전했다.

"바미안의 수호자로서 강철거인이 거대 몬스터의 천적임을 증명하겠노라—! 바로 오늘!!"

"와아—!! 오오옷—!!"

> 영주의 솔선수범에 영지민들은 성벽을 지킬 것을 맹세합니다. 당신의 사냥 성공을 기원합니다.

> 의용 민병대에 지원자들이 ᙠᙡ명 발생했습니다. 영지군의 사기가 상승했습니다.

바로 그렇다. 영웅의 호전적인 선언을 이슈타르 인들은 좋아하고 기대하고 있었음이다.

내가 괜히 웅크리고 있고 싶어서 웅크린 게 아니다.

간절히 바랄 때 나서야 고마운 줄 알고 피드백이 확실하기에.

'혼자가 아니다. 준비는 마쳤다! 내가 도발에 나설 정도로… 얼마든지 와보시라―'

한 마리당 얼마였더라?

전력 질주―!

쿠쿵쿵쿵쿠―!!

> 동화율이 38%에 달합니다. 정속 주행의 최적 동화율!
> 정속 주행 시 30분가량 질주 가능합니다. 최대 이동 거리는 40km입니다.

> 목표 지점 도착 후, 전투 시간을 최대 15분 확보할 수 있습니다. 퇴각을 염두에 두지 않을 시 25분간의 교전 시간을 확보할 수 있습니다.

날이 갈수록 똑똑해지는 깡통주전자다.

좋았어!

*　　　*　　　*

파노라마 사이트 전면으로 누런 먼지를 일으키며 접근하

는 거대한 실루엣이 보였다.

수는 다섯.

오우거가 다섯 마리였다.

구구구구구─

땅이 부르르 흔들렸다.

나는 출격 20분 만에 오우거 군단의 척후조와 조우한 것이
다.

그런데… 민대머리에 가죽 팬츠 차림이 전부인 그 전통에
충실한 오우거가 아니다.

"기가 막히는군."

두 눈만 드러낸 금속 투구에 어깨엔 위압적인 돌기가 뚜렷
한 견갑을 갖추고 있고, 목 가리개에 심장을 보호하는 두툼한
호심경까지.

급하게 타깃팅을 당기자 대략 피통이 128만이 넘게 나왔
다. 어지간한 던전 보스 몬스터처럼 100만 피통을 가뿐히 넘
기고 있잖은가. 게다 레벨은 180이다.

원래 일반적인 오우거의 피통은 80~90만에 레벨은 150대
근방이라 알려졌다.

'헐─! 사기 피통이군.'

기막힐 노릇이다.

그럼 나를 보자. 유저인 매서커의 피통은 보나마나.

깡통수전자의 내구력이 이제 개선에 개선을 거듭해 이제

막 30만에 육박하고 있다.

'아무리 보호구가 부여한 권능이라지만 이건 사기야.'

저 조잡한 보호구를 어디서 주웠는지 몰라도 강철거인을 의식한 방어구임이 분명했다.

그리고 문제는 더 있다.

무장도 쇠심이 박힌 거대한 나무 방망이가 아니고 필드하키 스틱같이 생긴 금속제 둔기다. 그 거대하고 날렵한 스틱을 땅에 질질 끌며 마치 필드하키 선수처럼 달려오고 있는 것이다.

무기까지 세련되었다.

오우거들이 그들의 전통을 파괴하다니!

그렇다. 내 눈앞에 있는 오우거는 부자 오우거가 분명하다.

아무튼 자신들의 힘을 나를 상대로 확인하고 싶음인지 흉성이 강렬하다.

'골렘이 휘두르는 검격의 평균 데미지는 1만 2천. 오우거 하나를 상대로 100번은 칼질을 해야 한다는 계산인데… 제길!'

그러나 오우거가 다섯. 이것은?

대박이다!

나에겐 비장의 아이템과 스킬이 있기에.

골렘 상체를 살짝 가리는 크기의 방패인 '카이트 쉴드'가 바로 비장의 아이템이다.

그동안 한 달 넘도록 마에스트로 헉스를 통해 방패술을 집중 연마했다. 땅만 판 게 아니다.

장갑 소모를 줄이기 위해 고련에 고련을 거듭했다.

수련 중 나만의 골렘 기동 스킬 몇 가지를 획득하기까지 했다.

나는 침착하게 방패를 전면에 내세우고 마주 달려나갔다.

쌍방의 체고는 엇비슷하다. 그때,

우웩―!!

> 오우거 피어! 당신은 오우거의 흉성에 노출되었습니다. 동화율 교란이 발생했습니다. 1㎜초간 감도가 현저하게 떨어집니다.

부르르― 갑자기 떨어진 감도로 등골을 타고 찬바람이 타고 올라왔다.

"흐으, 역시 오우거인가?"

하나, 내가 누구던가? 매서커라고!

"하압―!!"

> **분노의 분출―!**
> 당신은 오우거 피어에서 자유로워졌습니다. 감도가 정상적으로 연결되었습니다.

감도는 되돌렸지만 이 때문에 돌격에 가속도를 일으키는 데는 실패할 수밖에 없었다.

추진력이 떨어진 나를 향해 오우거들은 기다렸다는 몸을 띄워 스틱형 둔기를 휘둘러 왔다. 아니, 이제는 오우거 스틱이라 불러야 하나.

부우우욱—

전면에 내세운 카이트 쉴드에 오우거 스틱이 작열했다.

텅텅, 터텅!

"헙!"

타격에 실린 날카로움은 없었다. 하나 가해진 충격에 의한 압력은 장난이 아니었다. 방패의 전면이 울룩불룩 함몰되었고 진동이 팔을 타고 올라와 골을 뒤흔들었다.

'역시 판타지계의 힘짱!'

나는 오우거들의 힘을 못 이기는 척 한쪽 무릎을 낮추며 방패를 머리 위로 들어 올렸다. 완벽한 자유 구타 유도 자세다.

오우거들이 자신들의 공격이 먹혔다고 여겼는지 신나게 방패를 내리찍어댔다. 그렇게 오우거들과의 거리를 완벽하게 좁혔고, 눈앞에 오우거들의 목과 가슴이 환하게 들어왔다.

그러나 눈앞의 부위들은 보호구로 보호되고 있으므로 검을 뿌려봤자 치명타를 입힐 순 없을뿐더러 경계심만 불러일으킬 뿐이리라.

쾅쾅! 쾅쾅! 퉁탕퉁탕—!

…신났군.

> 쉴드 내구력이 88%, 77%⋯ 55%입니다. 쉴드 내구도가 현저히 떨어지고 있습니다. 최대 1분간 데미지를 흡수할 수 있습니다.

고작 1분⋯ 이게 돈을 얼마나 들여 만든 건데.

카이트 쉴드. 메이지 지오와 매드 지오가 힘을 합쳐 만든 첫 골렘용 대형 무구다. 들인 재료비가 장난이 아니다.

두르르, 통통.

Quest

타이틀 '양철북' 획득.

'쯧쯧, 큰소리치더니⋯⋯.'

의욕적으로 도전했지만 역시 오우거인가요?

당신을 주시하는 용병들의 눈이 더욱 싸늘해졌습니다.

그들은 멀리서 이 대결을 지켜보고 있습니다.

영지민이 자신들의 자랑인 당신이 모욕을 당할까 봐 걱정이 이만저만 아닙니다.

이대로 진행하면 타이틀 **'동네북'**으로 발전할 수 있습니다.

이것들이 누굴 띄엄띄엄 보는 거야—?!

Act 03
타이틀 헌팅

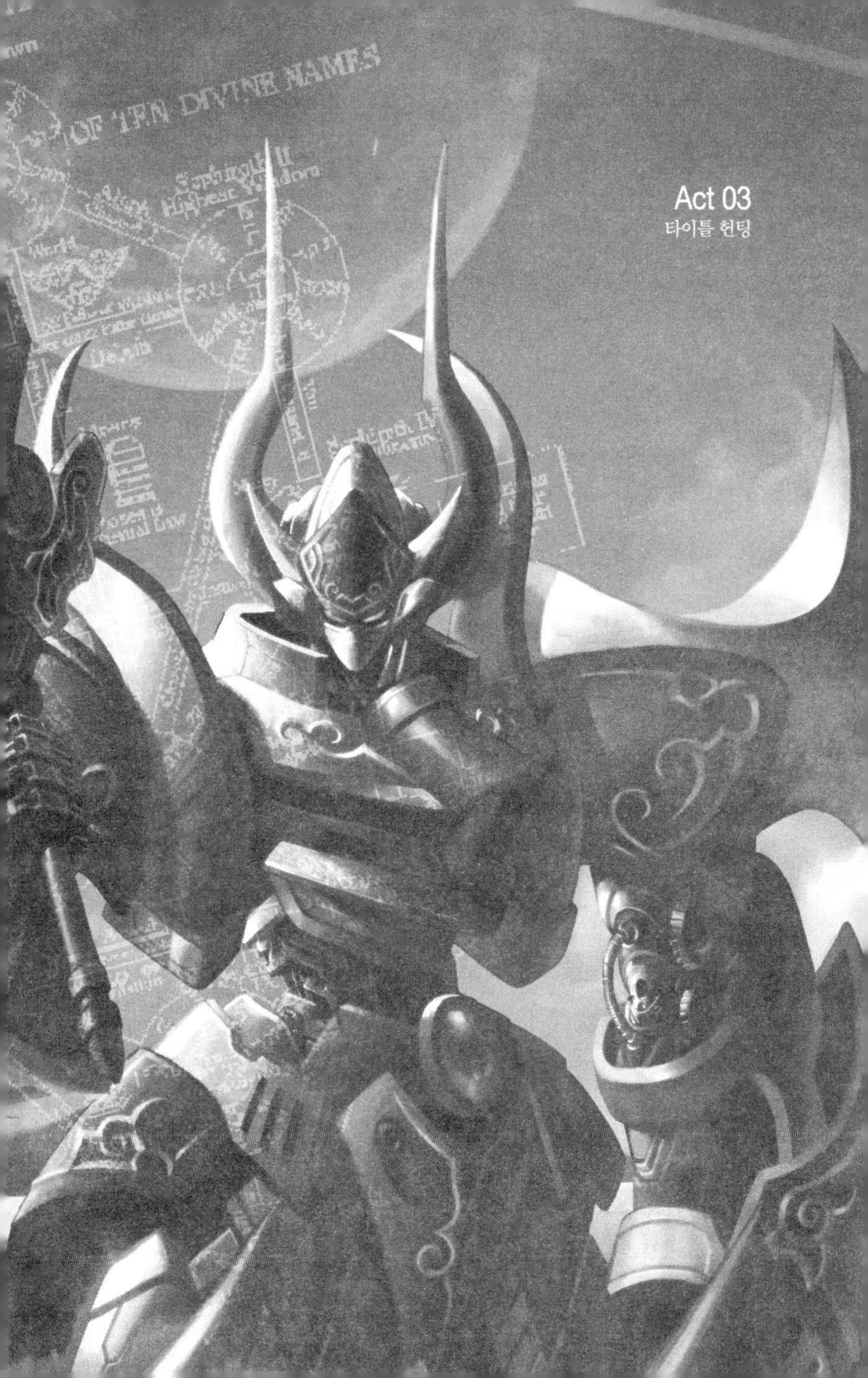

機甲戰記

Massacre

기갑전기 **매서커**

누가 동네북?! 이런 씨빌! 아차차, 침착해야지, 침착.

'충분하다. 잘 버티고 있어. 차근차근 하나씩 가는 거야.'

목표물이 선명하게 들어왔다.

털복숭이 발등!

동화율을 가속시킴과 동시에 2미터 50짜리 짧은 검을 전면의 오우거 발등을 향해 내리박았다.

"발등 찍기—!!"

파슈— 퍼쩍!

크와아아아악—!!

섬뜩한 파육음과 동시에 오우거의 괴성이 토해져 나왔다.

데미지 문제가 아니다.

발등을 관통한 검이 땅까지 파고들어 한 발을 완벽하게 땅바닥에 고정시켜 버렸다. 곤충을 채집해 핀으로 고정하는 것과 흡사한 그림이라 하겠다.

사용된 검 자체도 검끝을 작살식으로 개조한 것이었다. 힘으로 뽑으려 해봤자 고통만 배가될 터.

스킬, 발등 찍기가 성공했습니다. 대상은 충격 상태에 들어 12초간 움직일 수 없습니다.

바로 이거야!

보통 스턴 상태는 최소 3초에서 길어봤자 5~6초가 한계. 그러나 강철거인이 터뜨린 스턴 상태는 무려 12초였다.

유례가 없다.

아무튼 한동안 붙들어놓을 수 있으니 이것이야말로 오우거 같은 거대 몬스터에 특화된 스킬이 아닐 수 없음이라.

'커커커—'

그렇게 한 마리의 오우거가 자신의 발등에 박힌 검을 부여잡고 끙끙거리며 공격을 멈추었지만 다른 오우거들은 동료의 비명과 열외에도 불구하고 여전히 흉성을 뿌리며 깡통주전자를 목표로 내려치길 멈추지 않고 있다.

발등 찍기의 스킬 딜 타임은 현재 8.5초.

이럴 줄 알았으면 스킬 포인트를 부여해 숙련도를 높여둘 것을.

다른 검을 준비하면서 다음 대상을 물색했다.

그리고 여전히 스킬 성공 확률을 높이기 위해 쓸데없이 검을 휘두르지 않았다.

쾅쾅, 쾅쾅! 퉁탕퉁탕—!

동료가 다쳤음에도 4마리는 여전히 신이 나 있다. 단순한 것들…….

'집중이다, 집중.'

스킬 딜이 살아났다.

'바로 너야—!'

동화율을 터뜨려 마나 펌프를 폭주시켰다.

"후압!! 발등 찍기—!!"

파슛— 퍼억—!!

스킬, 발등 찍기가 성공했습니다. 치명타가 터졌습니다. 대상은 충격 상태에 들며 15초간 움직일 수 없습니다.

'아싸— 크리까지.'

크워어어어—!

작살검에 발등이 찍힌 오우거는 펄쩍 뛰지도 못하고 처절한 비명을 토해내며 스틱을 버리면서 발등을 부여잡았다.

치명타가 터지면서 충격 상태가 3초나 더 늘어났다.

그제야 나머지 오우거들이 위기를 감지했는지 난타를 멈추고 한두 발짝씩 물러나 스틱을 휘두르며 경계 자세를 취했다.

도대체 동료들이 어떻게 당했단 말인가, 라는 당황한 눈빛들이 역력했다.

거리가 벌어졌다. 카이트 쉴드의 내구력은 이제 고작 8% 정도만이 남아 있다. 5% 이하로 내려가면 재생은 불가능할 터였다.

"너희들을 위해 준비했다."

등 뒤에서 거검을 빼 들었다. 거검은 5미터에 달했지만 폭이 좁은 세검이었다.

헉스 영감이 날이 두터운 클레이모어 타입의 대검을 권했지만 피육 덩어리를 상대론 아까운 무구라 사양했다.

기합을 불어넣으며 움츠렸던 자세를 세우며 검을 겨누었다.

츠층—!

검이 낭창한 탄성을 일으키며 사나운 금속음을 토해냈고, 검신이 연신 흐느적거리며 오우거들의 눈을 교란시켰다.

검끝에서 파란 빛이 넘실넘실.

나의 돌변한 분위기에 오우거들은 주춤주춤 뒤로 물러났다.

'보는 눈은 있군.'

하나 용감한 것인지 여전히 숫자를 믿는지, 한 녀석이 기성
을 지르며 스틱을 길게 대각으로 휘두르며 달려들었다.

크워어어어―!

보오오옥―

바람을 가르는 파공음을 통해 이 한 번의 칼질에 이 오우거
가 얼마나 힘을 부여했는지 능히 짐작할 수 있었다.

내가 일으킨 위엄에 대한 반항이리라.

놈이 노리고자 하는 부위는 강철거인의 머리였다.

동화율을 폭발적으로 끌어올리며 주춤 전진하는 식으로
놈의 동선 포인트를 향해 팔을 뻗었다.

파츳― 파각!

검끝이 치켜든 오우거의 손목 안쪽을 찔렀다. 검신이 낭창
휘어졌다 팽팽하게 돌아왔고 그만큼 나도 반걸음 물러났다.

살짝 찌름!

단지 그뿐.

크왓―!

놈은 무기를 떨군 손목을 부여잡고 공격권에서 물러나려 했다.

"어딜."

물러나는 녀석을 따라 들어가면서 다섯 번 연달아 찔렀다.

팟! 팟! 팟―!

손등, 팔등, 팔뚝을 따라 검이 살짝 파고들었다 뽑는 식으로 옮겼다. 마치 약 올리는 듯이.

> 기본 공격 스킬, **'정밀한 연속 찌르기'**를 습득했습니다. 스킬 포인트 부여 정도와 고도의 동화율 연동 시 상대의 무기를 떨구게 합니다.

> 스킬 포인트 1이 주어집니다. DEX 포인트 1이 주어집니다.

얼쑤―!

그렇게 한 녀석이 집중적으로 당함에도 다른 두 오우거는 주춤주춤 공격에 나서지 않고 있다.

'헹, 이것들에게 동료애가 있을 턱이 없지.'

오우거 자체의 '한 고을의 원님' 습성이 여실히 드러났음이다. 이후 도망가지 못하게 허벅지 아래 정강이 부위를 향해 집중적으로 검을 찔러 넣었다.

살거죽만 따끔거릴 정도로.

그러는 가운데 스킬 딜 타임이 돌아왔다.

"하압!!"

가느다란 거검을 위에서 아래로 휘둘러 놈의 두툼한 정강이 부위를 관통시켰다. 동화율을 순간저으로 일으켜 살을 관통한 검을 대각으로 땅속 깊이 박아 넣고는 손에서 놓았다.

커허억!!

자지러지는 녀석을 버려두고 주춤거리는 나머지 두 오우거를 향해 달려들었다.

파광—!!

방패 전면으로 오우거를 밀쳐 내고 공간을 확보한 다음 땅에 떨어진 오우거 스틱을 주워들었다.

철컥.

Item

무기명:오우거 스틱.

요구 조건:거인.   등급:1/18,ㅁㅁㅁ

종류:겉보기 둔기 무구.

속도:STR 스탯+CEN 스탯. 순간적인 동화율과 연동.

물리 공격력:힘과 연동함.

역시 선행 아이템이시라 이건가?

각진 손잡이가 손에 착 감겨왔다. 이런 오묘한 착용감이라니.

멀쩡한 두 놈은 내버려 두고 발등을 찍힌 오우거들의 투구를 향해 스틱을 휘둘렀다. 그놈들은 아직 발등에 꽂힌 검을 뽑지 못하고 있다. 아픔에 대한 인공지능의 한계이리라.

보오오오옥― 카캉―!

경쾌한 타격음과 함께 가격당한 대상이 그대로 넘어졌다.

콰당―!

이것들아, 별이 보이긴 하나?!

매서커의 출신이 둔기 전사인 줄은 몰랐을 거다.

따단—!

범용 공격 스킬, **'투구 까기'**를 습득했습니다.
스킬 포인트를 부여할수록 대상의 뇌진탕 효과가 길어집니다.

스킬 포인트 1이 주어집니다. STR 포인트 1이 주어집니다.

거 좋다. 손맛까지 작살이다.

스틱 특유의 휘어진 각도로 인해 무기에 가해진 충격을 상쇄했는지 내구도 감소마저 미미했다.

이어 움직이지 못하는 다른 한 녀석의 투구를 향해 새로 습득한 스킬을 곧바로 터뜨렸다.

"투구 까기—!"

보오오옥— 파캉—!!

정확한 스킬에 의한 치명타가 터졌습니다. 대상은 15초간 뇌진탕 효과에 듭니다.

15초간이라니… 역시 강철거인의 힘이었다.

당신은 오우거 스틱의 활용을 정확하게 이해하고 있습니다. 오우거 사냥 시, STR 스탯 2포인트와 DEX 포인트가 1씩 증가합니다.

정신없이 올라오는 메시지를 제쳐 놓고 기동성을 잃은 세 녀석을 집중적으로 가격했다. 나머지 두 녀석이 접근하면 방패로 밀치고 위협하는 식으로 거리를 유지시켰다.

피통이 오죽 크나.

까도 머리나 다리만 노렸다.

오우거는 불리하면 기막히게 도망치기에 이 공격법이 최선이다.

그렇게 오우거들이 정신을 차릴 시간을 주지 않았다.

방패 하나는 완벽하게 날렸지만 3마리의 오우거를 완벽하게 제압한 셈.

이젠 스틱으로 가격이 시간 차를 두고 착착 규칙적으로 전개되었다.

그러자,

다수를 상대로 한 감각적인 시간 차 공격! 이를 새로이 스킬로 등록하기를 바랍니다. 광역 스킬입니다.

기다렸던 순간이다!

몰입, 반복, 정확한 타이밍.

이 삼박자가 갖추어졌으니 응용 스킬로 발전한 것이다.

한 달 내내 삽질하며 골렘 기동 스킬에 내가 얼마나 매달렸던가.

"스킬 등록, 트라이앵글."

스킬 '트라이 앵글'이 등록되었습니다. 스킬 '투구 까기'의 발전형입니다. 동화율과 연동하면 효과는 극대화됩니다.

이는 당신만의 전용 스킬입니다. 골렘 오너에게 스킬 전수가 가능하며 전용 스킬이기에 전수받은 오너는 타인에게 이 스킬을 전할 수 없습니다.

전용 스킬은 돈이다!

한 번도 교전이 없던 대상이라 스킬 생성이 후했다.

'이럴 줄 알았으면 진작에 나설 것을……'

스킬 포인트 2가 주어졌습니다.

스킬 포인트를 부여할수록 딜 타임이 줄어들고 뇌진탕 효과가 늘어납니다. 간간이 넉다운이 발생합니다.

STR 스탯이 2 증가했습니다.

조금 전과 마찬가지로 스킬을 바로 실험했다.

바로 동료애라곤 오크 코딜만큼도 없는 두 놈들을 향해.

"트라이앵글―!!"

휘리릭―

파캉! 파꽝! 까강―!

방패로 견제만 하다 몸을 날려 역동작으로 스틱을 휘두르자 두 오우거는 팔을 들어 막으려 했지만 한발 늦고 말았다.

새로운 스킬에 의한 치명타가 연속적으로 터졌습니다. 뇌진탕 효과가 12초간 지속됩니다.

성공이다!

드디어 다섯 마리의 오우거를 꼼짝 못하게 만들었다.

확실하게 하기 위해 준비한 작살 형태의 검은 오우거의 발등에 전부 땅에 박아 넣었다.

어떤 녀석은 양 발등 모두가 땅에 박혔다.

그리고 땅에 떨어진 오우거 스틱을 마저 주워 양손에 들고 5마리의 오우거를 오가며 머리를 내려쳤다.

'아자잣― 연속 3개의 스킬을 습득했다. 늬들 다 죽었어―!'

"우랏차차―!!"

파깡―! 까강―! 투강―!

크윽―! 케헥―! 크억!

*　　　*　　　*

정신없이 머리만 까다 보니 놈들의 피통이 줄어드는 게 확연하게 보였다.

하나 이 빌어먹을 피통이 백만이 넘다 보니 내려치는데도 손아귀가 저릴 정도나.

후덜덜.

기동 시간 한계까지 5분 남았습니다.

헥헥, 제발 좀 죽어라. 늬들도 빨리 죽고 싶잖아ー!

'제길, 타작하다 내가 먼저 뻗겠군.'

손아귀에 피가 통하지 않았다. 손가락 끝에서부터 뻣뻣해지는 느낌이다.

"안 되겠다. 우선 한 놈만 집중적으로 까자. 하압!"

퍼퍼퍽퍽ー!!

크으으윽, 케엑!

…드디어 한 놈 데드!

바람이 통했는가.

그렇게 간신히 한 마리를 데드시키자 다른 오우거들의 피가 쭉쭉 빠져나가는 것이다.

우잉? 같은 타격인데?! 이건 무슨 시츄에이션?!

짜잔!

오, 바로 그 타이틀 획득이다.

"타이틀 확인!"

Quest

타이틀:강철의 오우거 슬레이어.

당신은 전 E&T를 통해 강철거인으로 아머드 오우거를 사냥한 첫 유저입니다.

강철거인의 효용을 멋지게 증명한 것입니다.

용병들이 당신을 대하는 태도에 큰 변화가 일어날 것입니다.

옵션:이후 오우거 사냥 시, 3%의 추가 데미지가 주어지며 치명타 성
공률 역시 3% 향상됩니다.

오우거 사냥 시 스킬 딜 타임이 10% 감소합니다.

STR 스탯 포인트 12가 주어졌습니다.

CON 스탯 포인트 12가 주어졌습니다.

DEX 스탯 포인트 8이 주어졌습니다.

CEN 스탯 포인트 3이 부여되었습니다.

푸짐하다!

그래서 데미지가 팍팍 들어가는 것이었어.

3%의 추가 데미지가 그리 크게 느껴지진 않았다. 하나 지금같이 여러 마리를 상대할 때는 그 효과가 컸다. 터지는 치명타 빈도 또한 무시할 수 없었다.

이어,

바미안의 영지민에게 영주인 당신의 타이틀 획득 소식이 전해졌습니다. 영주의 드높아진 명성에 영지민의 사기가 크게 올랐습니다.

그럼 자랑스럽지! 내가 고생한 만큼 자랑스러울 것이다.

'아차차, 아직 남았지.'

달아나지 못한 오우거들은 동네북 두들기듯이 두들겼다.

퍽퍽— 뿌버퍽!!

하나씩 픽픽 쓰러져 갔다.

데드! 데드! 데드—!

경험치 바가 꿈틀거렸다.

"경험치 좋고!"

매타작(?) 소음이 잦아들며 필드에 고요가 내려앉았다.

"헉헉, 락 밴드의 드러머가 존경스럽다. 이런 노가다가 있다니……"

빌어먹을 피통!

졌다, 졌어.

그때,

놀랍습니다! 바미안의 영주 매서커 지오가 '아머드 오우거 1개 전대'를 전멸시켰습니다.

이는 유례가 없는 헌팅입니다.

준비된 전술과 끈기의 승리가 아닐 수 없습니다.

암, 그렇고 말고. 준비, 끈기, 타이밍하면 이 지오님이시지.

못 말리는 피노키오 콧대 같으니라고. 아무튼,

바미안의 영주에게 보너스 스탯 포인트 5가 주어집니다.

당신의 전술을 기려 INT 포인트 3이 주어졌습니다.

당신의 끈기를 기려 WIZ 포인트 3이 주어졌습니다.

당신의 집중력에 경의를 보내며 CEN 포인트 3이 주어졌습니다.

어허, 이렇게 포인트만 주면 어쩌라고?!

아솨— 아솨싸! 감동 작살—!

이 얼마 만의 경험치 획득인가. 영주 레벨이 성장하는 데 비하여 기본 레벨은 완벽하게 정체한 상태에 있었다.

근 1개월 만의 레벨업이지 싶다.

하나 더 결정적인 것이 기다리고 있었으니,

웅혼한 포효가 울렸다.

쿠오오오오오오오오오오오—!!

헛, 타이틀을 획득하자마자 또 다른 타이틀의 획득이라니……

"…타이틀 확인!"

Quest

타이틀:강철의 오우거 디스트로이어.

당신은 강철거인으로 오우거 전대를 전멸시킨 첫 유저입니다. 강철거인의 위용을 전 세계 E&T 용병 사회에 떨쳤습니다.

용병 사회가 들썩입니다.

용병들이 당신을 존경하기 시작했습니다.

떠돌이 용병들이 바미안으로 몰려듭니다.

옵션: 이후 오우거 사냥 시, 5%의 추가 데미지가 주어지며 치명타 성공률 역시 5% 향상됩니다.

　이후 오우거 사냥 시, 20%의 경험치가 추가로 계산됩니다.

　STR 스탯 포인트 18이 주어졌습니다.

　CON 스탯 포인트 18이 주어졌습니다.

　DEX 스탯 포인트 12가 주어졌습니다.

　CEN 스탯 포인트 6이 부여되었습니다.

좋아, 좋아. 바로 이 맛이야.

이게 다가 아니다. 영주창이 들썩거렸다.

Lord

바미안 영지민 사기 충천!!

'역시 영주님이야. 유저인에게만 강한 분이 아니셨어.'

'세상에! 한꺼번에 오우거를 5마리나 잡다니. 영주님은 혹시 괴물?!'

영지에 침입한 대형 몬스터의 처치는 영주의 의무입니다.

당신은 이 의무를 충실히 수행하여 걱정에 싸인 영지민들을 위무했습니다. 영지민들이 타 지역의 이슈타르 인들에게 이 소식을 퍼 나르기 시작했습니다.

영지민의 대몬스터 공격력이 3% 상승했습니다.

영지민의 대몬스터 방어력이 3% 상승했습니다.

영지민의 시야와 투사 병기 사정거리가 3% 증가했습니다.

영주 레벨이 올랐습니다. 영주 레벨이 51입니다.

영주 포인트 100이 부여되었습니다. 누적 포인트가 2,700입니다.

스트레스엔 오우거 사냥이다!

결심했어!!

Lord

영지민의 우려 불식.

'오우거를 잡는 영주라니… 영주의 무력이 이 정도일 줄이야. 우리

쿤두즈도 안심이야.'

'이럴 수가!! 카불에 있는 오우거들이 모두 달아났어.'

당신이 획득한 타이틀이 전 영지에 전해졌습니다.

5마리나 되는 오우거를 사냥한 당신의 업적이 믿겨지지 않은 듯합니다.

당신이 진정한 영웅임을 다시 한 번 더 증명한 것입니다.

이로 인해 두 영지의 협조도가 상승했습니다. 바미안을 위해 무기와 화살 등 소모품을 보내기로 결정했습니다.

영주 레벨이 올랐습니다. 영주 레벨이 52입니다.

영주 포인트 100이 부여되었습니다. 누적 포인트가 2,800입니다.

하이구— 이보셔요? 장장 보름을 연구하고 준비했습니다.

이 정도 보상은 제 간에 기별도 가지 않습니다요.

아, 이 하늘 높은 줄 모르는 거만.

뭐, 이 재미에 게임하는 거 아니겠어.

…바미안에 모인 난민 가운데 1,457가구가 바미안의 영지민이 되기를 희망합니다. 단일 신청으로 최대입니다.

의용 민병대에 지원자가 속출하고 있습니다. 무기술에 능한 장정 106명

E&T만의 이야기는 아니지만 가상 게임에서 인공지능이 유저들에게 하는 메시지는 칭찬 일색이 대부분이다.

'대단합니다' 라든지 '최초입니다' 라든지 식으로 추켜세우는 데 인색하지가 않다. 인공지능이 말이다.

어떤 시스템일까?

결론은 유저에 대한 배려와 선의다.

대부분의 사람은 성인이 된 후 타인으로부터 칭찬받는 것도, 하는 것도 인색해진다. 하나 칭찬을 받거나 성과를 인정받으면… 약간 우쭐한 마음으로 금세 행복감에 젖는 게 인간이다.

칭찬받으면 행복하다. 이는 어느 누구나 마찬가지.

행복에 젖은 사람은 그 행복을 나누고 싶어한다.

행복이라는 것의 타고난 성정이 그렇다. 누군가와 나누지 않으면 좀이 쑤시는 게 행복이다.

그래서 전염성 또는 전도성이 행복처럼 탁월한 게 없다.

그런 의미에서 수백만이 얽히고설킨 가상 세계는 일탈의 공간이기에 갈등의 소지가 크다.

강력한 익명성이 그 일탈을 부추긴다.

그 갈등을 최소한으로 하기 위한 장치가 유저들에게 하는 아부에 가까운 추켜세움이 아닐까 한다.

그렇게라도 유저를 붙들고 싶은 게 아니라, 유저들이 행복감을 느끼도록 하기 위해서가 아닐까.

나는 그렇게 인공지능이 펼치는 아부의 메커니즘을 파악했다.

그리고 나는 칭찬보다는 아부가 좋은 쪽이다.

아무튼 중요한 것은 이제부터!

Quest

용병단장들의 인정.

'에엣!! 오우거 다섯?! 모두 실력이었단 말인가.'

'허, 타이틀 연속 획득이라… 타이틀 킬러가 따로 없군. 아무튼 강자가 좋아.'

'도저히 나의 날카로운 지성으론 설명이 안 되는군요. 믿기질 않습니다.'

용병단장들은 당신의 빠른 타이틀 획득에 아연실색하고 말았습니다.

'타이틀 헌터'로서의 능력을 인정했습니다.

휘하 용병들이 품은 의심이 가셨습니다. 그들은 바미안 방어에 적극 협조하기로 결의했습니다.

동시에 그들은 자신들의 용병 길드 분소를 바미안에 설치하길 원합니다.

이제야 사람을 알아보다니…….

재미가 쏠쏠한데 이참에 타이틀 헌터로 나서봐?

아니, 이참에 용병단을 확 흡수해 버려?!

*　　　*　　　*

자, 이제 오우거 5마리가 무엇을 뱉어냈는지 볼까?

쓰러진 오우거의 가슴 정중앙에서 밀려 올라온 주먹만 한 결정이 제일 먼저 눈에 들어왔다. 결정은 탁하고 검붉었다.

손으로 집어 들자 탁하면서도 특유의 영롱한 붉은빛을 사방에 뿌려댔다. 손안에 착 감기며 탁해졌다 맑아졌다 하는 것이, 마치 심장의 튼튼한 박동이 연상되는 그림이었다.

그랬다. 따뜻하게 생명력이 넘치는 것이, 쥐고 있는 것만으로 힘이 생긴다고 할까.

> 전투로 고갈되었던 활력이 빠르게 충전되고 있습니다.

오옷, 이것은……,

> 중급 마력석 5개를 획득했습니다!

이씨, 중급 마력석이란다. 처음으로 득템했다.

거대 몬스터 힘의 원천이 바로 이놈에서부터 기원한다는 것 아닌가. 좀 더 자세히 볼까.

Item

중급 마력석.

등급:희귀.　　　종류:소재.

옵션:물리적 스탯을 극대화시킵니다.

아이템 단순 부착 시, 총 CON 스탯에서 8% Up.

총 STR 스탯에서 6% Up.

총 DEX 스탯에서 3% Up.

대형 몬스터와 비스트의 힘의 원천으로, 그 자체로도 강력한 물리 회복력을 품고 있기에 지니고만 있어도 체력이 빠르게 회복된다.

갸아, 끝장 스펙이다.

밀리터리 케릭에게 있어 이만한 보약이 없지 싶다. 이걸로 곰 형제들에게 약 좀 올려볼까. 크크.

우잉? 결정체가 또 있는데……

이건 오우거 미간 정중앙이다.

이 결정체는 탁한 검녹색으로, 손에 쥐니 시원한 느낌이 등을 타고 올라왔다.

넌 뭐냐?

Item

중급 마정석.

등급:희귀.　　　종류:소재.

옵션:정신적 스탯을 극대화시킵니다.

아이템 단순 부착 시, 총 INT 스탯에서 5% Up.

총 HAR 스탯에서 5% Up.

총 WIZ 스탯에서 5% Up.

대형 몬스터와 비스트의 정신력의 근간으로, 그 자체로도 강력한 마법 저항력을 품고 있어 정신 공격에 저항합니다.

주변 몬스터 무리의 정신을 장악해 수족으로 부립니다.

오우거가 나름 똑똑한 이유라 할까.

"늬들이 돈이 되려고 작정을 했구나!"

일단은 일단님에게 넘겨주자. 흐흐.

궁금했다. 누가 만들었을까나?

Item

금속제 거대 투구.

Part 2 선행 아이템. 아이템 판독이 불가합니다.

고대인의 향기가 느껴지며 비착용 아이템입니다.

감정 스킬이 높은 장인 캐릭이나 상인 캐릭에게 보여주십시오.

겉보기는 투박하나 인간의 스킬로 규명할 수 없는 금속 배합을 보입니다. 완벽한 제련 스킬 향상을 위한 연구 자료입니다.

판독 불가 아이템이라… 이건 헉스님에게 보여보자. 좋아하시겠군.

선행 아이템은 그 자체로 연구 과제이니.

반면,

> 오우거 견갑과 호심경, 5세트 획득했습니다.

이건 좀…….

Item

오우거 방어구 세트.

등급:극 희귀.   종류:방어구.

판독할 가치 없음. 세트당 무게 1ㅁ톤.

급조된 공장 대량 생산품으로, 잡철로 만들어진 거대 방어구입니다.

비착용 아이템입니다.

불순물이 많이 함유됐기에 녹여 재활용하기를 권합니다.

1세트당, 철궤 2,ㅁㅁㅁ개로 재활용됩니다.

재활용…….

그냥 철궤로 주면 어디가 덧나나?!

10톤을 재활용해서 8톤의 철궤로 만들 수 있다는 건 또 어느 나라 계산법이야?

아무튼 극상의 투구와 잡템 수준의 재활용 방어구라…….

어찌 무언가 밸런스가 맞진 않아.

이어,

오우거 스틱 5개를 획득했습니다.

Item

무기명:오우거 스틱.

요구 조건:거인.　　등급:1/18,ᴼᴼᴼ

종류:겉보기 둔기 무구. 중간재.

속도:STR 스탯+CEN 스탯. 순간적인 동화율과 연동.

물리 공격력:힘과 연동.

내구도:28,373/27,8ᴼᴼ

옵션:STR +38, CON +3ᴼ, DEX —2ᴼ

설명:Part 2 선행 아이템. 고대에 만들어진 무기로, 가공 직전의 중
　　간재 상태입니다. 재질이 견고하며 개조 여지가 무궁무진합니
　　다. 오우거들이 습득한 경위는 알 수 없습니다.

여기까지는 앞에 본 것과 동일했다.

…투구와 마찬가지로 고대인의 향기가 느껴집니다.

다른 모습이 감추어져 있군요.

감정 스킬이 높은 장인 캐릭이나 상인 캐릭에게 다시 보여주십시
오. 고도로 정련된 금속체로, 현 군사 캐릭으론 더 이상의 감정
이 불가능합니다.

팁:날을 세우세요. 무시무시한 파괴 병기가 탄생할 것입니다.

…어쩐지 단단하더라.

내 덕에 헉스 영감이 대박을 터뜨린 셈이군.

스틱 3개는 둔기로, 2개는 날을 세워 도를 만들어보자.

그러고 보니 골든보이하고 솔로 형이 골렘 오너가 됐을 때 줄 선물로 이게 딱이지 싶다.

기대하시라—!

'나는 왜 이리 남에게 못 퍼줘서 안달이지.'

혹시 난 천사 아닐까?!

근자에 견갑골 아래가 근질거리는 게 드디어 날개가 돋으려는 기미가 아닐지… 곱게 미치라고?

에이, 기분 좋아 농담 좀 했다.

봐주셩—

간만에 폭렙에 폭템했잖아.

이어 온갖 희귀한 부산물 목록이 주르륵 올라왔다.

역시 오우거는 타이틀을 걸 만큼 머리털 하나 버릴 게 없는 아이템의 보고였다.

앞으로 '부자 오우거' 라고 불러야겠다.

아무튼 둔기에 당한 오우거들이 사체는 멀쩡한 편이다.

'가만, 사체가 멀쩡하다?! 크큭.'

순간 오우거 사체를 이용할 계획이 머릿속에 휙 스치고 지나갔다.

근처에 전투 광경을 중계한 데스 로드를 불러들였다.

"후후, 나머지는 바로 데스 로드 몫인가?"

간만의 캐릭 체인지!

나는 데스 로드의 동화율에 집중했다.

데스 로드의 동화율이 77%에 달합니다.

영체를 모두 풀어놓았다, 남김없이.

후우우우―

3만,289개체의 영체를 방출하였습니다. 유지 시간은 38초입니다.

방출된 영체들은 오우거 사체를 통과해 날아올랐다.

영체들이 오우거의 힘을 맛보았습니다.

음하하핫, 바로 이 맛이야.

불사의 군대가 오우거의 저열한 영혼을 쫓아냈습니다.

사체를 회수하기에 최적의 상태입니다.

이거, 완전 대박이잖아?!

그렇다. 오우거들은 걸어다니는 금고!

그리고 지금 나에게 그 금고들이 행진해 오고 있음이다.

"어서 옵셔—!!"

비 마이 퀘스트!

機甲戰記
Massacre
기갑전기 매서커

 '…타르타로스의 망토, 누구도 본 적 없으며 어떤 권능을 행사했는지에 대한 이야기조차 없고, 주인이 과연 실비인지 의문이 제기될 정도. 하나 실비는 길드원들에게 자기 위치를 인정받고 있었다. 그런데 나한테 이러는 이유가 뭐냐고요?'

 묘한 첫 만남 이후 일체 대화는 없었다. 물론 말로 하는 대화는 그랬다.

 20명이나 되는 아가씨가 자기들끼리 온갖 이야기를 나누다가도 나만 움직이면 인의 장막이 드리우며 실비와의 시야를 차단했다.

 나는 일어서 일정 거리 밖에서 그저 그냥 시켜볼 수밖에 없었다.

이런 왕따가 있나!

지켜보는 눈, 감시하는 눈, 질시하는 눈들까지, 실비를 중심으로 온갖 가식과 위선이 둘러싸고 있음만 확인했다.

그렇게 노골적인 견제와 감시로 인해 소유한 파편 무구에 대한 정보 교환은 기대도 할 수 없는 분위기였다.

그리고 실비의 막나가는 성격이 그냥 이루어진 게 아님을 알 수 있는 날들이었다.

'아함, 지루해. 오늘 다크 지오의 하루는 또다시 이렇게 끝이 나네. 저주 캐릭이 따로 없어. 아무튼 오늘 밤 달무리는 정말 멋지구나! 그러고 보니 오늘은 붉은 달이 만월이네? 이런 날은 붉은 조명을 줄여야겠지.'

다크 지오가 멘탈 지오의 걱정을 하는 그런 무료한 날인 줄 알았는데…….

실비가 의자에서 팔짝 뛰어내리며 홀가분하다는 듯이 팔을 길게 쭉 치켜올렸다.

"짜잔, 끝―!"

늘 그녀와 한 몸처럼 붙어 있던 뜨개질용 섬뜩한 붉은 실은 사라지고 없었고, 이클립스 길드원들이 기대에 찬 눈으로 그녀를 바라보며 어딘가로 급하게 연락을 취하며 부산을 떨었다.

그런 그들을 실비는 대놓고 비웃었다.

반면 나를 향한 실비의 눈이 예쁘게 빛이 났다.

'제법 섬뜩한데……'

저런 눈빛… 익히 알고 있다.

뭔가 결판을 작심한 그런 눈이었다.

외성 구석, 폐허의 유적지로 이클립스들이 모여들었다. 그 수는 무려 3백여 명으로, 예외없이 붉은 후드 망토를 착용한 차림들이었다.

이 유적지는 바미안 성이 성장하면서 발견된 대저택과 여러 부속 건물들의 잔해들로 이루어져 있었다. 도시 인공지능의 영향력이 증가하면 몇 개의 던전이 생성될 만한 장소라 그대로 방치한 장소였다.

외성 모서리이니 유저라면 누구나 이용할 수 있는 장소임에는 틀림없다. 그래서인가, 얼음꽃이 내 앞을 막아서며 차갑게 말했다.

"길드 퀘스트입니다."

나는 어깨를 으쓱하며 아쉬움과 부러움을 한가득 담아 말했다.

"역시 남은 남이군요. 궁금하지만 영주관에서 기다리겠습니다. 득템, 광렙들 하십시오."

나름 쿨하게 물러났다.

얼음꽃은 의외라는 얼굴로 나를 바라보았나. 아무리 실드 퀘스트라지만 초대 게스트로 한자리 달라고 떼를 쓸 줄 알았으리라.

그때였다.

슈르릉—

폐허 한가운데의 바닥이 이지러지며 검은빛의 공간이 입을 벌리며 생성되었다.

당연히 그 중심에는 실비가 서 있었다.

게이트를 연 것은 실비였다. 이는 길드 퀘스트가 아니란 말.

실비는 나를 돌아보며 씨익 덧니를 한껏 돋보이게 웃으며 그 검은 와류 속으로 잠기듯이 사라졌다.

이에 다급해진 것은 얼음꽃이었다.

"실, 실비! 기다려!! 그럼……."

얼음꽃은 성의없이 고개를 까닥이고는 검은 웅덩이로 달려갔고, 마찬가지로 이클립스들의 움직임도 급했다.

서로 작은 웅덩이로 몸을 날린다고 고요한 폐허지는 말 그대로 닭장이 따로 없었다.

게다 게이트는 점점 작아져만 갔으니… 소란은 더욱 커져만 갔다.

아무렇게나 사라진 실비에 대한 악담이 마구 튀어나왔다.

역시 제멋대로 실비답다고나. 아무튼.

'흥, 길드 퀘스트라며?! 웃기고 있네. 일개 길드원이 길드 퀘스트 게이트를 연다는 게 말이 되냐고?

나는 검은 게이트가 사라질 때까지 느긋하게 기다리기로 했다.

한데 게이트는 제법 오래도록 유지되었고, 다수의 이클립스들이 게이트에 몸을 실었는데도 퉁퉁 튕겨 나오는 게 보였다.

게이트 인증에서 거부된 길드원들이었다.

그 수는 대략 서른 남짓으로, 그 가운데 낯이 익은 운영위원도 포함되어 있었다. 검은 와류의 중심에서 방방 뛰어봤지만 게이트는 완벽하게 그녀들을 거부했다.

"…역시 피의 세례를 받아야 한단 말인가. 망할! 이젠 더이상 못 참아. 길드에서 퇴출시키고 말 테야. 두고 보라고, 실비!!"

운영위원은 알 수 없는 말로 박박 성질을 터뜨리곤 추종하는 패거리를 이끌고 폐허지에서 사라졌다.

짐작은 했지만 조직 내 역학 관계가 미로 같은 길드가 아닐 수 없었다.

어느새 검은 와류는 사라지고 폐허의 맨바닥만이 드러나 있었다.

"역시나 길드 퀘스트가 아니야. 이제 이 몸이 출동할 차례인가."

나는 손목에 연결된 실을 따라 갔다. 붉은 실은 맨바닥에서 끝이 났다. 바로 사라진 검은 와류의 중심지였다.

"자, 그럼 과연 실비의 초대가 먹히는지 확인해 보실까나?"

붉은 실을 살짝 장난스럽게 톡톡 잡아 당겼다.

마치 들어가도 되냐고 노크하는 식.

> **당신은 만월의 대집회에 초대되었습니다.**
>
> **당신에게 만월의 축복과 평안이 깃들길……**

내가 디딘 크기만큼 검은빛의 와류가 생기며 부드럽게 받아들였다.

사라라라랑, 빙고!

후우우웅—

바람이 세차게 몸을 휘감았다.

"허헉… 이건?"

보통 던전하면 지하를 떠올린다.

그런데 이곳은 건물은 건물인데, 하늘 위의 건물이었다.

그 증거로 머리 위에 떠오른 달은 손만 뻗으면 닿을 것 같은 거리였다. 바로 말로만 듣던 하늘을 흐르는 섬이었다.

게이트는 흐르는 섬에 있는 폐허지로 이동한 것이었다.

'오늘 또 한 번 개안하는군.'

주변은 칠흑처럼 어두웠지만 붉은 실의 인도를 따라 걸었다.

스킬을 발동해 주변 풍경을 확인할 필요성은 느껴지지 않았다. 가느다란 붉은 실에서 나는 미세한 빛만으로 충분하게 사물을 인지할 정도는 되어서였다.

어쩌면 실비가 실을 따라 빛을 강하게 발산시키고 있는지도 모른다.

아무튼 지나는 통로엔 나를 위협할 만한 몬스터나 트랩도 없었다.

그렇게 5분을 걸었을까. 연결된 붉은 실에 변화가 있었다.

팽팽하게 당겨졌다 다시 풀어졌다 당겨지는 식으로 규칙적인 신호가 들어왔고, 나는 멈춰 서서 들어오는 신호를 차근차근 문장으로 바꾸었다.

─이제부터 직진해서 갈림길에서 우측으로 직진. 첫 모서리에서 좌측으로 돌면 집회 장소에 닿을 것임. 이후 집회 참가 여부는 본인의 판단에 맡김.

다행히 그리 어렵지 않게 해석되었다.

그렇다.

요 며칠간 우리는 끈을 통해 대화 아닌 대화를 나누었다.

그냥 우두키니 서 있었던 게 아니있다.

물론 대화가 이루어지기까지 시행착오는 이루 말할 수 없었다. 실비가 일방적으로 보내는 신호를 말로 받아들이기까지 꽤나 고생했다.

무료하기만 한 다크 지오. 그것은 보여지기 위한 연출인 것이었다. 그 역시 실비가 바라는 바도 되었다.

그렇게 나와 실비 사이엔 보이지 않은 물밑(?) 교류가 있었으니……

'도대체 무엇을 보여주고 싶은 것이냐, 불량 땅콩.'

후드를 뒤집어쓰고 무리에 섞여들었다.

실내를 밝히는 조명은 은은하게 붉었다. 돔형 천정은 뻥 뚫려 있었고, 그 뚫린 공간으로 붉은 만월이 환하게 내리 비추고 있었다.

'뭐야, 이것들은?'

이 원형의 공간엔 근 칠팔백은 되어 보임직한 대인원이 모여 있었다. 그리고 사방으로 뻗은 통로를 통해 붉은 망토의 인물들이 계속해서 유입되고 있었다.

'대집회? 그럼 저들은 다른 장소에서 게이트를 타고 넘어왔다는 것인데… 무엇을 위한 모임이지?'

전부 이클립스 길드원처럼은 보이지 않았다. 건장한 남자들이 다수 섞여 있어서였다.

실비의 모습은 대각선 방향에 있었다.

층층이 높다란 단상에 대리석 의자에 앉아 누구에게도 시선을 보내지 않은 채 중앙에 위치한 원형 분수만 노려보고 있었다. 반면 그 옆에 선 얼음꽃은 단상 아래 몇몇과 눈인사를 나누기에 바빴다.

　홀 안의 인원들 전부가 실비 쪽을 향하고 있어 내가 자신들의 집회를 참관하고 있다는 것을 들킬 염려는 없어 보였다.

　실비는 일절 나에게 눈을 보내지 않고 있다.

　실로 보내는 신호도 없다. 그때,

　쾅쾅—!

　얼음꽃이 검집으로 바닥을 쳐 모인 이들의 시선을 이끌었다.

　"이제부터 집회를 시작하겠습니다. 모두들 후드를 벗어 존체를 드러내 주십시오."

　홀 안에 모인 이들 대부분이 기다렸다는 듯이 후드를 등 뒤로 들쳤다.

　"……!"

　순간 은빛 바다가 출렁거렸다.

　그랬다. 모인 이들 전부가 은발이었던 것이다. 남녀 가릴 것 없이.

　얼음꽃의 의식 집행은 계속 이어졌다.

　"곧바로 피의 세례 의식을 거행하겠습니다. 신참자는 분수 앞으로 나와주십시오."

분수대로 다양한 인물들이 모여들었다.

구석에 대기하던 다양한 머리칼을 가진 유저들로, 대략 일백은 됨직했다. 모두 다 투명한 유리잔을 가슴 앞에 들고 있었다.

그러자 실비가 나섰다.

"그대들은 진정 나의 권속이 되기를 원하는가?"

이에 우렁찬 대답이 뒤따랐다.

"예—!"

"그대들은 진정 영원한 젊음을 원하는가?"

"예—!"

"그대들은 진정 순수한 피를 원하는가?"

"예—!"

세 번의 선명한 대답이 있었다.

"좋습니다. 이제 자신들의 잔에 만월의 피를 가득 채우십시오."

말이 끝나기가 무섭게 일백여 명의 유저들이 분수의 물로 잔을 가득 채웠다.

실비가 제법 진중하게 축문을 읊었다.

"이 잔에 든 것은 나의 피요, 나의 생명, 나의 권능이라. 그대들은 만월의 피를 마심으로 나의 권속이 되어 영원함을 얻을 것이며……."

축문은 길게 이어졌다.

그런데 유리잔에 든 투명한 물은 점점 붉은색으로 짙어져만 갔다.

'헙! 물이, 색이 변하고 있어.'

종국엔 토마토 주스처럼 변하는 게 아닌가.

실제 말하고자 하는 표현은 이게 아니지만 괜히 떠올리기는 싫었다.

아무리 가상이라지만 이런 사이비교의 색채 연출은 왠지 거부감이 들 수밖에 없었다.

하나 은발의 유저들은 고개를 끄덕이며 행사를 담담히 지켜보고 있을 뿐이었다.

"…이제 만월을 마십시오."

백여 명의 유저들이 일제히 붉게 변한 잔을 단숨에 들이켰다.

곧이어 유저들이 마치 무슨 몹쓸 것을 마신 것처럼 허리를 새우등처럼 구부리더니 컥컥대기 시작했다.

이어 이들 한 사람, 한 사람씩에게 만월에서부터 시작한 빛의 기둥이 떨어져 내리는 것이 아닌가.

마치 히든 클래스로의 전직할 때의 연출을 연상시키는 그림이었다.

다른 점이 있다면 대상을 공중에 떠오르게 하진 않은 것 정도랄까.

만월과 이어진 빛의 기둥은 곧 사라졌다.

빛의 기둥이 거쳐 가자 백여 명의 유저들의 머리칼이 전부 은빛으로 변해 있었다. 마치 달의 축복이라도 받은 것처럼.

이들의 입에서 탄성이 절로 터져 나왔고, 기쁨을 주체하지 못하는 그림들이 이어졌다.

"아, 정말 스탯 포인트가 30이나 생성되다니……."

"하하, 나도. 그리고 클래스 창엔 만월의 일족으로 바뀌었어. 이제 더 이상 생산 캐릭이 아냐."

"어디, 나도 클래스 창을 확인해 봐야지. 야간 공격력이 8% 상승에 방어력은 무려 12% 상승. 헛! 주간 공격력은 12% 하락에 방어력은 18% 하락이라니……."

"사실이었어. 역시 만월의 일족은 존재하고 있었어."

마치 단체로 히든 클래스를 부여받은 듯한 들뜸이었다.

이를 듣고 있는 나도 과연 만월의 일족에 대한 호기심이 동했다. 그런데 실비는 이런 장면을 보여주기 위해 나를 초대했나?

이게 다는 아닐 것이다.

얼음꽃이 나섰다.

"신참자들이여, 조용하라. 아직 식은 끝나지 않았다."

"……."

"신참자를 데리고 온 멘토들은 빨리 나서 신참자들 곁에 서세요."

다수의 은발 유저들이 잔을 들고 서 있는 신참자들 곁에 섰다. 신참자들은 자신들을 이끈 멘토에게 감사의 눈인사를 건 넸지만 멘토들은 그저 긴장된 얼굴로 앞을 향할 따름이었다.

"…식을 진행하세요."

멘토들은 날이 굽은 단검을 빼 들더니 가차없이 신참자들 의 팔을 그어버렸다. 그리고 상처에 입을 가져다 댔다.

쓰읍―!

"아악!"

곳곳에서 비명과 신음이 터져 나왔다. 하지만 신참자들은 멘토들을 거부하지 않았다. 이것은?

흡혈!

흡혈 의식이었다.

멘토들은 사정없이 신참자들의 피를 빨았다. 입가로 붉은 번짐이 거침없이 삐져나왔다.

아무리 가상이지만 이건 뭔가 정상이 아닌 그림이었다.

그렇다.

만월의 일족이라는 낭만적인 명칭을 붙였지만 이들은 바 로 뱀파이어들인 것이다.

유저들을 상대로 한 뱀파이어 입문식이었다.

신참자를 흡혈한 멘토들의 머리칼이 윤기있게 빛이 났다.

흡혈을 통해 무언가 성장한 것이리라.

참여하지 못한 은발의 유저들은 이 의식을 너무도 부러운 듯이 바라보고 있었다.

욕지기가 치밀어 올랐지만 참아냈다.

'E&T, 정말 가지가지 한다.'

말리고 욕할 가치도 없는 것이 가상이고, 저들은 뱀파이어의 길을 스스로 선택했음을 지금까지 지켜본 것이지 않은가.

밤에만 강해지는 유저라… 야간족들에게 이만한 유혹은 없을 테지.

그렇게 의식은 끝이 났다.

멘토와 신참자들은 은발의 무리 속으로 스며들었다.

이제는 완벽하게 홀 안을 은의 물결이 지배하고 있다.

실비가 나에게 과연 이것을 보여주기 위함일까?

그러나 메인 이벤트는 따로 있었다.

오래 기다릴 필요조차 없었다.

얼음꽃이 말했다.

"새로이 일족이 되신 여러분들은 환영합니다. 그렇습니다. 우리는 만월의 일족, 뱀파이어입니다. 게임의 일부죠. 하지만 여러분들은 유저로서 정말 힘든 결정을 하셨습니다."

그렇게 말하며 얼음꽃은 단상에서 한 걸음 두 걸음 내려왔다.

"우리에게 주어진 힘이 막강한 만큼 우리에게 드리워진 족쇄는 무겁습니다. 한데 그 족쇄는 가벼워질 수 있는 것입니다."

"……?"

"그렇습니다. 우리 일족에게 드리워진 족쇄를 가볍게 할 수 있음에도 더욱 무겁게 한 인물이 있습니다. 그것도 바로 여기에!"

술렁술렁.

홀 안이 얼음꽃의 갑작스러운 선동에 웅성거림이 커졌다.

"우리는 뱀파이어입니다. 인간을 피를 취하면 취할수록 우리는 강해집니다. 그래서 여러분들이 선택한 게 아닌가요. 그러나 한 달에 한 번 있는 이런 의식으로 강해지는 데는 한계가 있습니다."

얼음꽃의 말에 동조하는 무리가 큰 소리로 맞장구 쳤다.

"맞아!"

"그렇다!"

이어,

"멘토가 되어 신참자를 흡혈해 얻을 수 있는 것은 고작 스탯 포인트 10. 이도 신참자가 받은 보너스 포인트에서 양보받아야 되는 것. 신참자도 멘토도 만족할 수 없는 이런 방식, 여러분은 이대로 만족하십니까?"

"아니, 이건 아니야!"

"일족이 되길 원하는 이만 의식을 치르고 일족으로 받아들여라?! 세상에 이런 뱀파이어가 어디 있단 말입니까?"

"맞다, 맞아!"

선동과 맞장구가 이어졌다.

"보다 빨리 쉽게 강해질 수 있는데, 왜 그 방법이 안 된다는 거죠?"

"그렇다! 우리는 더 많은 피를 원한다!"

얼음꽃을 지지하는 무리가 단상 쪽으로 우르르 몰려나왔다. 한 삼백은 됨직했다. 그런데 방금 의식을 치른 멘토와 신참자들이 대부분이 포함되어 있음을 알 수 있었다.

나머지는 실비를 쳐다보며 우물쭈물 사태를 주시했다.

나 역시 얼음꽃이 말하는 일족의 장애가 누구인지 짐작이 가기에 그 대상을 눈에 담았다. 삼백여 명이나 되는 사람이 한사람에게 적의를 피우면 그 한 사람을 죽일 수도 있다.

'…실비.'

하나 그녀는 여전히 여유롭게 비웃는 듯한 눈으로 얼음꽃과 그 일당들을 내려다볼 뿐이었다. 군림하는 자란 이런 것이 아닌가 싶을 정도로 실비가 뿜어내는 무언의 존재감은 대단했다.

실비가 그들을 향해 따분한 표정으로 단 한마디를 던졌다.

"바보들."

나이스─!!

*　　　*　　　*

장내는 싸하게 가라앉았다.

그런데 얼음꽃의 무리에서 이탈하는 인물들이 있었다. 실비는 그러거나 말거나 아랑곳하지 않고 자리에서 몸을 일으키며 조롱하는 투로 이죽거렸다.

"흥, 모두 다 알잖아?! 단체 클래스로 묶여 있으니까. 만월의 의식을 치르지 않고 강제로 흡혈하는 뱀파이어는 낮에 활동할 수 없다는 걸."

"⋯⋯."

"놀라워라. 그 뻔한 걸 나만 알고 있었던 거야?"

"⋯⋯."

그랬다. 히든 클래스를 하도 남발하는 경향 때문에 은밀히 전직하면 모두 히든 클래스를 떠올린다. 하나 히든 클래스가 흔하지 않던 시절 '클랜 클래스'라는 게 더 광범위하게 유행했다.

클랜 클래스. 수십 명에서 많게는 수천 명이 같은 종족 또는 직업을 가지는 것이다. 그 안에 위계질서가 있고, 실비는 그 클랜 클래스에서 최상위 존재인 것이다.

유사한 것으로는 생산직이 주축인 길드 클래스도 있다.

그녀의 클랜은 만월의 일족이면서 그리고 뱀파이어이기도 했던 것이다.

실비의 조롱은 계속 이이졌다.

"강제로 흡혈하면… 햇빛에 녹는 하급 뱀파이어가 되고 말지. 오늘 받은 만월의 축복이 사라지고 점점 퇴화되어 갈걸?"

"……"

실비의 말이 사실인지, 그 어떤 반박도 없었다.

"…송곳니가 흉측하게 발달하고, 상대의 목을 물어 피를 빨지 않으면 포인트를 주지 않게 되고, 그 포인트도 점점 줄어들겠지. 퇴화란 그런 거야. 종국엔 머더러의 붉은 그림자만 드리우며 쫓기겠지. 그게 우리가 부여받은 클래스잖아."

모두 다 얼음처럼 굳었다. 나 역시.

"그런 몬스터가 되고 싶으면 그렇게 하라고. 원하는 피를 취하라고. 그래, 게임이니까 말리진 않겠어. 이벤트 몹 신세로 전락해 스릴을 즐기라고."

"……"

이들이 피를 취함에도 뱀파이어답지 않은 이유가 실비가 주관하는 만월의 의식 때문임은 분명했다.

그럼 이들에게 있어 실비의 존재는 무엇인가?

얼음꽃이 실비의 앞을 막아섰다.

"우리도 알아. 우리로 인해 저급 뱀파이어가 만들어지는 건 각오하고 있어. 그 점이 제일 걸렸지만 여기 있는 우리만이라도 낮에 활동할 수 있는 방법은 있다는 거지. 바로 너! 네가 사라지면 가능해."

"호오, 결론이 고작 그거야?"

"그래. 독선적인 너를 대신해 누군가가 만월의 의식을 진행한다면 여기 있는 우리들은 유저들의 피를 취해도 낮에 활동할 수 있어. 송곳니 좀 나면 어때?! 순혈의 뱀파이어만 유지하면 되는 거지."

"생각해 낸 게 고작 그거야? 인간을 주인 페널티를 만월의 의식을 통해 정화시키겠다?! 그러기 위해 걸림돌인 내가 사라져야겠다?! 흥, 좀 더 솔직하시지?"

"……."

"바로 네가 뱀파이어 퀸이 되고 싶은 거잖아?"

"……."

"물론 네가 뱀파이어 프린세스니까 도전 자격이야 있지. 그전에 나를 이겨야겠고. 그러려고 아바타르 길드에서 백 명이나 되는 자객들을 빌려온 것일 테고."

"어, 어떻게 그걸."

얼음꽃은 실비의 당당함에 압도당했는지 감히 움직이지 못했다.

실비의 덧니가 선명하게 드러났다.

"뭐, 관두자고. 이렇게 관중을 모아놓고 입씨름만 하고 있으면 어쩌라는 거야? 혹시 다른 프린스나 프린세스 가운데서 대신 나서길 바라는 거야? 결국 그런 거야? 크큭, 겁쟁이, 비겁자. 네가 그럼 그렇지."

"……."

지독한 조롱이다.

얼음꽃이 실비의 조롱에 얼어붙었는지 움직일 생각을 하지 않자 몇몇이 그녀의 곁으로 모여들었다. 하나같이 머리에 약식 은제 관을 착용한 인물들이었다.

그 가운데 배구선수 같은 팔다리에 그림같이 아름다운 외모의 한 사내가 말했다.

"퀸이시여, 오늘 같은 도전의 날에도 변하지 않는 당당함으로 저를 감탄하게 만드시는군요."

"참기름 헛바닥하곤."

과연 그랬다. 실비의 정체는 '뱀파이어 퀸'이었다.

저 얄미운 불량 땅콩이 여왕이라니… 하나 완벽하게 어울리긴 했다.

사내는 침착하고 정중했다.

"얼음꽃이나 다른 권속들이 지금 나선 것은 그럴 수밖에 없는 상황이기 때문입니다. 성장의 정체기에 대해선 퀸이 더 잘 아시리라 생각합니다만?"

"성장?! 정체?! 씨파―!"

배구선수께서 그녀의 컴플렉스를 제대로 건드린 것이리라.

나중에 나도 조심해야겠군.

아무튼 망할 놈! 어딜 건드릴 게 없어서 줄자 놀이야.

실비의 욕지기에도 배구선수의 표정은 오히려 더 밝아져만 갔다.

"퀸이시여, 당신은 우리에게 도전할 권리와 도전해야 할 의무가 동시에 있음을 알 것입니다. 그게 우리 클래스의 숙명이니까요."

"고상한 척은. 진짜를 이야기하시지?"

"…그러죠. 아바타르는 바미안 영지를 우리 뱀파이어들의 성지로 인정하기로 약조했습니다."

"호오, 솔깃한데?"

"햇빛에 녹는 저열한 뱀파이어도 충분히 생활할 수 있는 지역이 생기는 것이죠. 그래서 오늘 무슨 수를 써서라도 뱀파이어의 최고인이 바뀌어야 한다는 일념이기에 친구들의 힘을 빌릴 수밖에 없었습니다. 이해해 주시리라 믿습니다."

"암, 이해하지. 나를 처단하고 퀸의 권능인 만월의 길을 바미안 내부에 만들겠다, 이거군. 그 길을 여는 조건으로 아바타르와 거래한 거 아니었어?"

"…그렇습니다. 설명이 길었군요. 그럼 일족을 위해 당신을 퀸의 자리에서 끌어내리도록 하겠습니다, 전력을 다해."

단상의 실비를 향해 무수한 인영들이 조여들었다.

실비가 손을 치켜들었다.

"좋아, 좋아. 어차피 일족의 화목이 깨진 것… 이제 와서 누굴 탓할 생각은 없어."

"……?"

"하지만 기회는 공평해야겠지. 퀸의 사리를 노리는 선 누구에게나 열려 있어야 되는 거지."

"무슨?"

"뱀파이어 퀸의 권능으로써 증명한다. 이후 이 공간에서 나갈 수 있는 사람은 단 한 명. 단 한 명만이 남을 때까지 피의 축제를 개최한다!"

"⋯⋯."

나는 만월의 일족이 아니기에 무슨 말인지 실감은 가지 않았다. 하나 분명한 것은 실비가 이곳을 배틀 로얄 지대로 설정했다는 것이다.

오직 한 명이 남을 때까지 일족 간에 죽고 죽여야 한다는 것.

'빌어먹을. 그럼 나도 돌아갈 수 없잖아!'

불똥이 튀기 싫은 캐릭들은 달아나기 시작했다.

달아나 봤자 공중에 떠 있는 섬.

'캐릭 하나 붕 떴군.'

실비는 덧니를 살짝 드러내 보이며 나를 향해 윙크했다.

그녀는 분명 이 사태를 즐기고 있음이리라.

당황해하는 얼음꽃 등에게 실비가 말했다.

"훗, 덤벼."

⋯캐릭 로스트—!!

機甲戰記
Massacre
기갑전기 매서커

스윽.

거구의 그림자가 미끄러지듯이 빠르게 다가왔다.

"잘 패더라."

깜딱이야!

큰곰이… 우잉?

안 어울리게 눈이 초롱초롱한 것이, 진심이 고스란히 전해질 정도로 존경의 염이 한가득.

눈치를 보아하니 나를 기다리고 있었음이다.

가신단과 영지민 모두들 '망령의 시선'을 통해 오우거 사냥을 지켜보았을 것이다. 그렇다면 나의 귀환을 눈이 빠지도록 기다린 게 큰곰이라는 것인데.

큰곰이 캐릭에 붙은 타이틀에 그제야 관심이 갔다.

"기사 큰곰이, 명성 점검!"

"아앗! 그것만은……."

가신창에 큰곰이가 획득한 타이틀이 주르륵 올라왔다.

최근 것으로… [오우거에게 겁없이 덤빈], [오우거에게 쫓겨난], [오우거에게 죽을 뻔한], [오우거…] 등이었다.

안구에 우기가 찾아왔다.

이 [강철의 오우거 디스트로이어]께서 잘난 척을 해야 하나, 말아야 하나?

큰곰이의 고개가 푹 숙여졌다.

"…잔인한 놈."

큰 덩치가 풀이 죽으니 나까지 맥이 풀렸다.

"형도 참, 제가 시작 자체를 둔기 전사로 했잖아요. 그때 누가 감각없다며 얼마나 타박을 얼마나 줬는지. 그 시절만 생각하면 눈물이 찔끔찔끔."

"허허, 그때는 그랬지. 엄살은. 아무튼 타이틀 획득 축하한다."

"우리 사이에 축하까지야."

"그렇지? 그래서 말인데… 내가 중급 마력석이 필요해. 좀 도와다오."

"……?"

의외의 노골적인 지원 요청이 아닐 수 없다.

중급 마력석을 못 구할 큰곰이 아니다. 돈도 풍족한 큰곰이다. 그러면?

아하, 그런 거다!

같은 중급 마력석이라도 오우거에게서 채취한 마력석에 한정된 용도가 있음이다.

그만의 퀘스트에 필요한 게 아닐까?

나는 큰곰이를 유심히 살폈다.

게으른 체형에 각이 생겨나고 있다. 근자엔 가상 플레이 시간보다 조깅을 하는 등 운동하는 시간이 더 많은 큰곰이다.

큰곰이의 눈이 고양이 눈처럼 둥그런 것이, 애절하기까지 했다.

'아우, 어울리지 않게 왜 이러세요?!'

솜털이 곤두섰다. 하나,

'얼마나 필요했으면……'

뭐라 그래도 그는 나의 가상 스승이다.

내가 부화되지 않은 메추리알 시절을 거쳐 노란 병아리로 부화시킨 장본인이 있다면 단연코 큰곰이 아닐 수 없다.

그는 나에게 가상 1세대로서의 경험을 아낌없이 전수해 주었다.

그 병아리가 자라 지금 중닭(?)이 되었다.

나의 대놓고 낭낭한 양다리실에 선의를 불태웠지만… 어

쩌랴, 내 탓인걸.

근자에 큰곰이는 하루에 10킬로를 걸으며 몸 만들기가 한창인데다 눈빛이 부리부리해졌다. 찾아온 행운을 놓치지 않으려는 위기의식으로 독이 올라 있다.

높은 동화율을 유지하기 위해 오로지 한 캐릭에만 몰입 중으로, 바미안 영지 출신이라는 딱지를 당당히 달고 파편 전쟁에 참여해 오로지 최전방만 전전했다.

그의 활약에 감탄한 유저 몇몇이 바미안에 보금자리를 마련할 정도니, 그만큼 유저들을 당기는 그만의 매력이 있음이라.

관록, 연륜, 카리스마… 오직 부족한 것은 어른스러움.

뭐, 그게 그만의 인간적인 매력이기도 하지만.

결론적으로 내가 유저들과 트러블이 끊이지 않는다면 큰곰이와 작은곰이는 유저들과의 사이는 거의 물 흐르는 수준이다.

반면 헉스와 일단님은 일종의 '짱박히는' 은둔, 은거, 골몰형으로, 비슷한 성향의 유저들만 모여들어 광범위한 유저 유치엔 도움이 안 된다.

장인의 프라이드라 할까, 아무튼 배타성이 강하다.

말이 나온 김에 평가하자면, 골든보이와 솔로 형 같은 경우는 일종의 '구도자' 타입이다.

일명 '내 길만 묵묵히'. 이 경우도 사교완 거리가 멀다.

소리 누님은 전형적인 생계형 유저로, 파티 플레이 시 분배 문제로 시시콜콜 따지고 들어 이분 역시 트러블이 끊이지 않는 타입. 경우 바른 가정주부답다고나.

미요… 할 말 없다.

치리… 무슨 말이 필요한가.

넬귀… 숨숙인 핵폭탄!

'이런 이들과 함께 바미안을 꾸려 나가고 있으니 내가 얼마나 대단한지 여실히 드러나는군. 그렇지만 나 자신이 너무 불쌍해……'

자뻑 모드는 잠시 접어두고 당연히 곰들의 역할이 크면 컸지, 절대 작은 게 아니었다.

단지 저 하늘의 별이 된 나로 인해 반딧불처럼 초라하게 보일 뿐이랄까.

아무튼 큰곰이는 내게 계속해서 미안해하기로 마음먹었음인가.

"오우거의 마력석이 3개… 아니, 5개 필요해."

"흐음, 몸매를 성형하는 데 마력석이 필요하진 않을 테고……"

"배불뚝이 오우거 몸매는 관심없거든? 그냥 지나친 퀘스트가 있어. 근데 오우거의 중급 마력석이 있으면 다시 도전할 수 있을 것 같아."

큰곰이이 눈이 모종의 결심으로 빈뜩였다.

가상 공간에 큰곰이만의 퀘스트 스토리가 흐르고 있음이 분명했다.

"오호, OK! 접수했습니다. 덕분에 [꽉꽉 밀어주는] 타이틀도 획득할 수 있겠네요."

"…너, 정말 많이 컸다."

"질투하시네요. 이게 다 형이 길을 터주었기에 큰 거 아니겠습니까?! 늘 감사하게 생각합니다."

"……."

나의 솔직한 감상에 큰곰이의 눈이 약간 축축해졌다.

"크흑, 간만에 감동 먹었어."

"아직 갈 길이 멉니다. 좀 더 밀어주십시오, 파이팅!!"

"좋아—! 꽉꽉 밀어줄 테니까, 꽉꽉 자라는 거야!"

"그겁니다. 크로스—!"

"크로스—!!"

다 큰 멀대 둘이 팔을 교차해 서로의 몸을 띄웠다 휘둘러 제자리에 돌려놓았다를 반복했다.

웃차, 웃차—!

둘 다 미쳤냐고? 어허, 사나이들의 우정이다.

가상이니까 가능한 닭살 세레머니.

"끙차."

아, 팔뚝 아려. 왠지 손해 본 것 같아.

끙, 우리가 한 유난 떨지.

뭐, 이런 식으로 서로의 사기를 북돋우는 거다.

아무튼 내가 골렘 오너를 임명할 수 있음에도 기어이 자신
의 힘으로 골렘 오너가 되겠다고 고집을 부리니… 정말 이런
황소고집이 없다.

그렇지만 사실 그게 맞는 일이다. 누가 임명하는 식으로 게
임을 플레이하면 그게 무슨 게임인가.

스스로의 힘으로 스스로의 캐릭을 발전, 성공시킨다.

이것이야말로 게이머의 도락이 아니던가.

아무튼 내가 낭면한 문제는 어서 빨리 우리 팀원들을 골렘

오너로 배출하는 것이니 아이템 지원쯤이야 별거 아니다.

그러니 제발 쫌 되기만 해다오!

이 젖과 꿀이 흐르기 시작한 영지를 지켜내기만 하면, 그래서 Part 2로 무사히 전환하기만 한다면…….

게임 끝이지. 아니, 인생 끝인가?

*　　　*　　　*

향기로우면서도 까슬한 햇살이 좋기만 한 가을, 빌딩 위에서 파아란 하늘과 양털구름을 만끽하는 나른한 일광욕도 잠시.

나는 수확의 계절이 주는 풍요로움을 만끽하고 있는 농부(?)였다.

"으랏챠차, 추격의 일격!"

부우욱.

둔중한 스틱이 대기를 경쾌하게 갈랐다.

터어엉!

이 경쾌한 타격음 뒤로 물에 가라앉는 듯한 긴 신음이 뒤따랐다.

우거어어ㅡ!

6.5미터에 달하는 거구가 키 높이대로 넘어가며 뿌연 흙먼지를 피워 올렸다.

쿠덩—!!

"헉헉, 얀마! 이 몸이 못 따라갈 줄 알았다면 오산이지."

7마리째다.

하루 온종일 정력적인 망아지가 되어 뛰어다닌 결과였다.

입안이 텁텁하고 단내가 풀풀 났다. 그러나 아무리 힘이 들어도 아이템 목록들이 주르륵 올라오면?

활력 재충전!

걸어다니는 아이템의 보고가 따로 없으니까.

말 그대로 폭템. 그렇다. 게임은 바로 이 맛으로 하는 거야.

"오옷, 같은 아이템이 두 개다!"

조장이라는 귀하신 직함값을 하는지 오우거 스틱이 두 개나 떨어졌다.

'오늘 일당벌이 초과 달성이로세. 룰루랄라~'

작했습니다. 오우거들이 강철거인을 두려워하기 시작했으며 오우거 군단의 사기에 손상이 갔습니다.

당신은 오우거 피어에 25% 확률로 완벽하게 저항합니다.

좋군. 동화율을 교란시켜 여간 귀찮은 게 아니었는데.

두둥一!

어라, 웬 우아한 여성 목소리?

상담 제의.

전 세계 E&T를 통틀어 개인이 오우거를 사냥한 최대치를 연일 갱신하고 있습니다.

그렇습니다. 바미안 영주의 명성은 전 E&T 세계에 퍼져 나가는 중입니다.

한국 E&T로 귀하의 오우거 사냥 스킬 조합에 대한 구매 문의가 쇄도하고 있습니다.

스킬의 해외 판매 상담에 응하겠습니까?

한국 E&T가 적극 고객의 권리를 보호하겠습니다.

"허, 거참. 갈등 때리네."

그렇다.

강철거인이 있다고 아무나 오우거를 잡을 수 있는 게 아니었다.

궁지에 잘 몰아넣고도 놓치기 십상으로, 나 역시 오우거 사냥 성공률은 현재 30%대에 불과했다.

하지만 대부분 골렘 오너들의 오우거 상냥 성공률은 고작 8%대로, 일반 유저들의 오우거 사냥 파티야 말할 나위 없이 낮은, 3% 이하에 머물고 있다.

게임사에서 정한 밸런스가 그 수준이기에 아직까지는 나의 오우거 학살에 대해 패치로 봉쇄할 근거는 부족하다.

유저 게시판을 둘러보아도 골렘 기동 스킬이 태부족한 실정으로, 내가 구사하는 골렘 기동 스킬은 다양하면서, 독창적이고, 게다 효과적이기까지 하다.

나 역시 혹시 이건 나를 위한 맞춤 게임이 아닐까 하는 느낌이 들 정도다.

아무튼 내 잘난 능력 때문이라는 것을 모두가 인정할 수밖에 없음이다.

…스킬의 해외 판매 상담에 응하겠습니까?

띄워준다고 좋아할 게 아니다. 지금은 단호해질 때.

암, 공개할 게 따로 있지.

누가 자신의 돈벌이를 몇 푼 받고 공유할까.

거래를 중계한 사람들이 창작자들보다 더 많이 챙기는 구조라는 것에, 밀빨에 넘어간 유저들의 불만을 이미 알고 있는 상태다.

그리고 급할 게 없다.

내가 골렘 스킬을 공개할 시기는 골렘 오너가 기천 명은 되었을 때다. 아니면 오우거의 씨를 말렸을 때이든가.

"아니, 아직은 나만의 비밀이야."

···욕심쟁이.

그게 나다. 그렇게 살련다.

*   *   *

돈독이 올랐든 스트레스를 풀기 위해서든 오우거 별동대를 찾아내는 족족 강철 골렘을 출동시켜 박살을 내고 있었다.

살아서 도망가는 놈들이 태반이지만 그것만으로도 어딘가.

천하의 오우거잖은가.

하루 동안 강철 골렘 3대를 교대로 운영하고 있으니⋯ 하루 내내 떡매를 친다고 상상해 보라.

손안이 저릿저릿하다.

"헉스 영감, 좋은 건 알아 가지고⋯⋯."

이렇게 오우거 사냥에 깊이 몰입한 이유는 간단하다.

이 몸의 선물하기 좋아하는 성격 탓으로 오우거에게서 나온 철제 아이템이 문제였다.

오우거 철제 투구와 스틱을 헉스 영감이 감정하더니 눈이 돌아갔다. 정말 표현 그대로.

Part 2로 넘어가 경쟁자들이 생기기 전에 모을 수 있을 때 모아야 하는 아이템이라고 입에 거품을 물었다.

아이템에 붙은 단 하나의 조건, '인간의 기술로 구현이 불가능한'이었다.

그의 눈에는 내가 보지 못한 이 문구가 보인 것이다.

한시바삐 더 구해오라며 쉴 틈 없이 내몰았다. 강철거인을 3대씩이나 굴려도 소모품 걱정하지 말라면서.

그 덕에 완전 과로 상태다.

떨어지는 아이템만 아니면 나도 이러고 싶지는 않다.

왠지 초보 유저가 된 기분이라서.

아무튼 그 사건으로 위력 정찰 겸 오우거들 위주로 사냥하고 있는 중이었다.

경고! 깡통주전자의 기동 시간이 한계에 달했습니다. 정비 기동을 통해 안전한 곳에서 충전 대기 상태를 취하길 바랍니다.

이크, 기동 한계 시간까지 움직이다니… 사냥에 너무 몰입했다. 아니, 솔직히 붕 뜬 기분에 무리했다.

과로로 인한 판단력과 집중력의 저하 때문이기도 하리라.

어쩌겠나, 잡으면 다 돈인 것을.

나는 강철주전자를 충전 상태로 하고 밖으로 나왔다.

주변에 흐르는 공기를 손가락을 세워 맛보았다.

무겁고 칙칙한 것이, 기분이 찜찜했다.

'젠장, 너무 깊이 들어왔구나.'

아니나 다를까.

쿠드드등.

근처 숲 속에서 큰 움직임이 이는 것이 심상치 않아 보였다.

크아아앙―!!

대기가 출렁할 정도로 강렬한 오우거 피어!

피어는 정확하게 나를 노렸다.

골이 흔들릴 정도다. 일파, 이파, 삼파…….

> 오우거 피어에 노출되었습니다. 동화율 교란이 일어났습니다.

> …당신은 오우거 피어에 저항했습니다.

> …동화율 교란이 일어났습니다.

> …당신은 오우거 피어에 저항했습니다.

전형적인 파티식 연속 스킬 공격. 교활했다.

"띠파, 함정이었구나."

어쩐지 정찰대 주제에 떨구는 아이템이 많다 했다.

평지에 붙은 얕은 숲이라 별게 없으리라 생각했는데, 오산이었다.

숲 그늘을 뚫고 거체들이 나타났다. 그 수는 무려 7마리.

그리고 5미터짜리 자이언트 트롤까지. 20마리는 됨직하다.

오우거와 트롤 조합의 완벽한 매복이 기다리고 있었다니……

나를 이리로 유인한 것이 분명했다.

우워어어억—!!

진격 명령인가, 트롤들이 앞서는 식으로 어깨들을 붙이고 열을 맞추어 다가왔다. 붉은 눈들이 이글거리는 게, 단단히 벼른 눈빛들이다.

본격적으로 붙기 전에 몬스터 군단의 사기가 야금야금 꺾였으니 이 한 번으로 만회할 생각이 분명했다.

위기 상황은 위기 상황이지만…….

"…작전은 좋았어. 하나 나를 너무 띄엄띄엄 보는군. 강철 거인만으로 오우거를 상대하리라 생각하다니… 캐릭 체인지—!"

나는 곧 뒤따르는 데스 로드에게 집중했다.

데스 로드는 늘 거리를 유지한 채 매서커의 뒤를 따라오고
있었다.

> 데스 로드에게 집중 상태입니다.
> 육체적인 피로도가 한계 상황이라 동화율 접속이 상당히 불안합니
> 다. 조심하십시오.

> **위기! 위험!!**
> 매서커가 오우거 피어에 저항하지 못했습니다. 경고! 매서커가 적
> 들의 위협에 완벽하게 노출되었습니다. 위기 상황입니다.

오우거들은 여전히 강철거인 위에 있는 매서커를 노리고
있음이다.

'매서커가 미끼…….'

데스 로드가 손가락 끝을 트롤들의 발치를 향해 겨누었다.

"일어나라, 거대한 뼈―!"

그두우우우우―

다가오는 트롤들 앞의 평지가 쩌억 벌어지며 거대한 뼈 무
더기들이 일어섰다.

땅 깊은 곳에서 기어 올라오는 듯한 기음이 대기 중으로 퍼
져 나갔다.

크르르르르르르―

우어어어어어어어어어—!

트롤을 가로막은 것은 회백색의 뼈가 반들거리는 본 오우거로, 모두 8개체였다.

트롤들은 적의를 불태우며 막아선 본 오우거를 향해 달려들었다.

"데스 피어!"

크워어어어—!!

본 오우거들이 돌격하는 트롤들을 향해 피어를 발산했다.

8마리가 동시에 터뜨린 피어의 합창!

허공이 일렁이며 투명한 파문이 중첩되어 퍼져 나갔다.

데스 피어가 일시에 터지자 트롤들이 전진을 멈추고 위축된 듯 몸이 바싹 움츠러들었다.

살아 있는 오우거의 피어에는 미치지 못하지만 이도 분명 오우거의 피어. 피어는 피어였다.

트롤들의 정신을 흔들기엔 충분했다.

아니나 다를까.

트롤들이 '도대체 여기가 어디지?'라는 식으로 주위를 두리번거렸다.

바로 오우거의 정신 지배가 흔들리기 시작한 것이다. 상위 몬스터의 지배 개념은 언데드 상태가 되어서도 여전히 유효했다.

'좋았어!'

트롤들의 정신을 돌이키기엔 충분해 트롤들의 대형이 순식간에 허물어지더니 이내 사방으로 달아나기 시작했다.

그제야 뒤따르던 오우거들이 피어를 남발하며 흩어지는 트롤들을 모으려 했다.

하나 본 오우거들이 들이닥쳐 방해를 가하자 트롤들을 추스르는 데 실패하고 만 듯했다.

오우거들의 눈이 본 오우거에게로 향했고, 곧 오우거와 본 오우거가 격돌했다.

우당탕, 퉁탕—! 와당탕!

뼈와 살이 충동하는 커다란 굉음이 대지를 흔들었다.

"이런……."

나의 야심찬 충돌의 결과는 좋지 않았다.

결국 오우거들의 압도적인 힘을 확인하는 그림으로 판가름 났다. 본 오우거들이 주르륵 밀려나며 간신히 오우거들을 막아내고 있었다. 오우거들의 유연한 주먹이 본 오우거들을 사정없이 강타할 때마다 본 오우거들이 튕겨 나갈듯이 휘청거렸고 뼈가 바스라졌다.

힘 차이를 깨달았는지 오우거들의 눈에 자신감이 넘쳤다.

가소롭다는 식으로 비웃음을 배어 물기까지.

몬스터 주제에 비웃다니……. 시팔—!

"버텨—!"

간신히 엉겨붙게 만들어서야 오우거들의 강타를 무효화시

킬 수 있었고, 이후는 오우거의 장기인 힘겨루기에 들어갔다.

이도 그림이 좋지 않았다.

힘겨루기가 시작되자마자 땅이 깊이 파여 고랑을 만들며 본 오우거들이 뒤로 밀리기 시작했다.

이제 매서커까지 남은 거리는 불과 15미터가량.

대열이 엉킨 상태에서 본 오우거들은 조금씩 조금씩 뒤로 밀리며 물러났다. 근육의 힘이 받쳐 주지 못해 생긴 결과이리라.

그렇다면,

"피어나라, 삶을 갈구하는 피여!"

슈르르르릉.

주문이 끝나자 본 오우거의 척추에서 핏덩어리들이 흘러내리더니 순식간에 붉은 입체 형상으로 자라났다.

뭉글뭉글.

핏덩어리는 금세 거대한 형상을 갖추었다.

그리고 본 오우거에 가세하여 오우거들을 막아섰다.

블러디 오우거였다.

본 오우거 속에서 소환된 블러디 오우거의 수 역시 8개체, 총 16개의 언데드 오우거로 7마리의 오우거를 막아선 셈이다.

뼈와 살이 엉겨붙은 데에 더해 피까지 가세했다.

"자, 이제 어쩔 것이냐?!"

으드드드둥—

처음엔 비등했다. 그리고 약간 밀어내며 압도하는가 싶기
도 했다.

그러나 언데드의 한계는 명확했다.

"…어?"

우거어어어—

오우거들이 일시에 괴성을 토했다.

오우거들의 민대머리에 근육이 선명하게 잡힐 정도로 근
육이 풍선같이 부풀어 올랐다. 그러자,

으득—!

본 오우거의 엉긴 팔뼈가 부러졌다.

역시 오우거는 오우거였다. 그렇다면,

"불사의 지원—!"

영체들을 방출했다.

휘오오오오.

회색 영체들이 본 오구거와 블러디 오우거에 스며들자 본
오우거의 뼈에 광택에 가까운 윤기가 흐르기 시작했고, 부러
진 뼈는 다시 이어졌다.

이어 똑같이 영체를 받아들인 블러드 오우거의 형상이 짙
은 붉은색을 띠어갔다.

그제야 오우거들의 흉악한 눈빛에 당황함이 드러났다.

그리고 비등한 대치가 이루어졌다.

본 오우거의 굵은 뼈에 블러드 오우거들의 피가 감싸는 식

으로 일체를 이루었다. 그리고 오우거의 힘에 대항할수록 회색 영체들도 함께 번들거렸다.

마치 투명한 피부같이.

투명한 회색 피부 속으로 붉은 피가 돌고 하얀 뼈가 선명하게 보인다.

그렇다.

이는 새로운 오우거의 탄생!

영체들의 가세가 만든 의외의 그림이다.

아니나 다를까,

Quest

언데드의 진화.

'뼈[骨]와 피[血]와 영혼[靈]이 삶을 갈구합니다.'

오염된 뼈, 타락한 피, 영체의 조합으로 새롭고 강력한 복합 소환체가 탄생했습니다. 당신은 전 E&T를 통틀어 누구도 생각지 못한 소환체를 만들어낸 것입니다.

대담합니다!

언데드 소환체 중 이보다 위험한 소환체는 이제까지 없었습니다. 우연이라기 보기엔 놀랍고도 대담한 시도입니다.

스킬 등록과 동시에 소환체로 등록하시겠습니까?

"옙."

스킬명 등록?

"불사의 삼위일체!"

소환체 등록?

"데스 오우거!"

독창적인 스킬입니다. 스킬 포인트 6이 부여되었습니다.
데스 오우거의 소환 시, 정신력 소모가 8% 감소합니다.

순식간에 스킬 등록과 소환체 등록을 이루었다.

그러면서도 오우거들의 근육 팽창에 맞추어 영체를 방출해 대치를 팽팽하게 유지했다.

내게 있어 피와 죽음이 너무 익숙했기에 집중력의 분산이 있을 수 없음이나.

'자식들… 강철거인의 기동 시간 제한을 고민 안 했을까 보냐?!'

그렇다. 데스 로드와 영체들이 매서커의 백업 요원들이다.

비록 내 캐릭이 전부 사기 캐릭이지만 그중에도 으뜸 사기 캐릭이 있다면 3만에 달하는 영체를 거느린 '데스 로드'가 아닐까 한다.

데스 로드는 네크로맨서다.

스켈레톤 나이트 같은 언데드 소환체를 부리는 클래스. 본 오우거 정도는 고위 네크로맨서라면 누구나 소환할 수 있는 언데드다.

단지 오우거의 사체를 구하기가 어려울 뿐이다.

자랑 같지만 오우거 사체를 팔아달라고 네크로맨서 유저들이 줄을 섰다.

내가 소환한 언데드에겐 영체를 스며들게 할 수 있다. 영체가 깃든 소환체는 일반 소환체보다 강력할 뿐 아니라 스킬을 발할 수 있다.

끈기는 또 어떤가?

무려 3분이 흘렀다.

무려 엘리트 오우거들을 상대로 한 힘겨루기에서 말이다. 언데드라도 다 같은 언데드가 아닌 것이다.

크르르르—

오우거들의 눈에 피로감이 역력했다. 땀을 비 오듯이 흘리고 있다. 오우거들이 약해질수록 나의 데스 오우거들은 힘을 냈다.

아니, 힘을 낸다기보나는 처음 그대로다.

나는 그저 지친 영체들을 쌩쌩한 영체들로 교환해 주기만 하면 된다. 충전기 갈아 끼우는 식으로.

오우거 한 마리가 무릎을 꿇었다.

데스 오우거 2개체를 홀로 상대하던 녀석이었다.

우둑!

무릎을 꿇은 상태에서 팔이 ㄱ자로 꺾였다.

쿠워억—!!

극통은 뒤늦게 찾아옴을 증명이라도 하듯 한 템포 늦게 오우거가 고통에 찬 비명을 토했다.

긴 여운이 섬뜩했지만 내겐 득템의 전주곡일 뿐.

이제 오우거들은 완벽한 전투 불능 상태에 들었다. 맹렬한 타격전도 없이 이룬 성과다.

'2:1이면 완벽하게 압도하는군. 좋았어!'

데스로드로선 상처 없는 오우거 사체를 얻을 필요가 있다.

소환체로서 능력이 좌우되는데다 만신창이가 된 오우거 사체는 가격이 형편없기 때문이다.

'후후, 이것으로 실험은 성공한 셈이지. 이제 마무리다.'

"불사의 증원!"

후오오오오오—!

데스 로드가 대기하고 있던 모든 영체들을 방출했다. 느슨한 방출이 아닌 압축 방출이다. 영체들이 데스 오우거들에게 기다렸다는 듯이 일시에 파고들었다.

팽팽한 균형을 깨려면 순간적인 힘의 폭발이 필요해서였다.

보디빌더들의 근육이 팽창하듯이 데스 오우거들의 회색 피부가 팽팽하게 부풀어 올랐다.

지친 오우거들로서 급증한 데스 오우거들의 힘을 감당하기엔 역부족.

우득, 으드득―

오우거들의 팔이 흉하게 꺾이며 무릎을 꿇었다. 오우거들의 눈이 고통으로 희번득 돌았다.

시야를 놓치는 타이밍에 재빠르게 뒤돌아 한 팔로 목을 감았다. 남은 팔로 감은 팔의 팔목을 당기는 식으로 오우거들의 목을 조였다.

가느다란 신음조차 흘러나오는 걸 용납하지 않았다.

이도 다 경험과 반복 훈련의 산물!

흐으으읏―

오우거들의 굵은 맥동이 서서히 잦아들더니 힘없이 고개가 스르륵 떨어졌다.

데스 로드가 오우거 매복조를 전멸시켰습니다.

레벨업을 하였습니다.

> 레벨업을 하였습니다.

데스 로드가 간만에 폭렙을 했다.

그리고 매서커가 획득한 타이틀과 유사한 타이틀이 데스
로드에게 부여되었다.

그중 특별한 것 하나.

Quest

죽음의 전당.

'홀로 오우거들을 사냥하다니… 이는 네크로맨서 클래스의 쾌거가 아
닐 수 없어.'

대륙의 네크로맨서들에게 당신의 오우거 헌팅 소식이 전해졌습니다.
그들은 매우 놀라워하고 있습니다. 어떤 놀라운 소환체를 만들어냈는
지 궁금해합니다.

이에 당신은 네크로맨서들의 명예 전당, 죽음의 전당에 이름이 올랐
습니다. 그들은 당신과의 교류를 원하고 있습니다.

팁:스킬 포인트 1이 부여되었습니다.

스탯 포인트 5가 부여되었습니다.

단체가 내건 보상이었다.

왠지 모두 다 내 성공 비법을 탐하고 있다는 느낌이 들었다.

그러나 데스 로드는 이제부터가 중요하다.

자신이 사냥한 몬스터를 소환체로 거두는 것이 강력하기 때문이었다.

7개체나 되는 완벽한 오우거 사체를 어디서 구할 것이랴.

"불사의 합류—!"

고오오오오오—!

하늘 위로 방사된 영체들이 만들어낸 회색 회오리 기둥이 생겨났다. 영체들이 휘돌면서 만들어낸 거대한 기둥이다.

"이제 시식할 차례로군. 죽음과 피의 맹약에 따라 죽은 자의 군주로서 명하노니, 나를 위해 봉사할지어다—!"

하늘 위에 떠도는 회색 영체들이 들판에 쓰러진 오우거 사체를 향해 떨어져 내렸다.

영체를 받아들인 오우거 사체가 풍선처럼 빵빵하게 부풀어 올랐다.

데스 오우거들이 사라지며 그 안에 들어찼던 영체들까지 이 대열에 합류했다.

영체들이 오우거의 피 맛에 극도로 흥분하고 있습니다. 자신들이 사냥한 첫 오우거라 더욱 그러합니다. 이로 인해 불사의 군대 유지 시간이 3% 증가합니다.

마지막 남은 영체가 이마로 파고들자 오우거의 머리가 애드벌룬처럼 커졌다.

뻥어엉—!!

파하핫— 푸스스스스—

파열음이 터지더니 검푸른 피 안개가 뿌옇게 대기 중으로 흩어졌다. 그 안개가 옅어지는 가운데 오우거 사체의 모습은 대기 중에 녹듯이 사라졌다.

Quest

데스 오우거 탄생.

'우리는 군주의 어릿광대!'

오우거의 저급한 원령을 쫓아내는 데 성공했습니다.

기기의 완벽한 데스 오우거로 탄생했습니다!

놀라운 소환체 회수율입니다. 과연 데스 로드십니다.

이로써 총 15기의 데스 오우거를 보유 중입니다.

데스 오우거는 '본 오우거'와 '블러디 오우거'로 분리가 가능합니다.

새로이 만들어진 꼭두각시들의 소환 유지 시간은 기본 88초로, 투입된 영체 100기당 소환 시간이 33초씩 늘어납니다.

부가한 영체 수가 증가할수록 그 유지 시간은 증가합니다.

바로 이거다!

데스 로드가 나선 보람이 있었다.

그동안 매서커가 38마리의 오우거를 잡았지만 그중엔 소환 체로 성공한 언데드는 본 오우거 8마리에 블리드 오우거 8마리가 전부였다. 형편없는 회수율이 아닐 수 없다.

하지만 데스 로드가 직접 잡으니 100% 전부 회수할 수 있었다.

데스 오우거 15마리면… 할 일이 너무 많다.

역시 사기 캐릭의 지존다운 데스 로드였다!

Act 06
이페가 코볼트

機甲戰記

Massacre

기갑전기 매서커

커뮤니티가 신났다. 불구경으로.

바미안 성이 완전히 포위되었어요. 구경 갈 사람? 손!!
　님이나 구경 가세요. 구경한다고 몰려가 괜히 도와줄 필요
없습니다.
　그래요. 그냥 바미안이 얼마나 버티는지 가지고 내기해요.
난 2시간 버틴다에 2십 골드.
　와, 후하다. 난 한 시간 버틴다에 3십 골드.
　어허, 그래도 방어 진지를 구축했는데… 전 5시간 버틴다
에 1백 골드.

어허, 그분이 버티고 계신데… 저는 1시간을 버티지 못한다에 50골드.

나는 유저들의 댓글 놀이를 보고 있자니 열불이 났다.
게다 내기로 번지는 분위기다.
소소한 내기 돈이 사람들이 많다 보니 거액으로 순식간에 불어났다.
'좋아, 너희들의 내기 돈을 이 몸이 몽땅 쓸어 담아주겠어!'
나는 댓글 내기에 불을 지폈다.

훗, 전 바미안 영지가 Part 2로 넘어가는 최초의 영지라는 데 1만 골드 겁니다.

…….
10초 동안 댓글이 달리지 않았다. 이어,

님하, 장난 치삼?!
풋, 그러게요. 바미안 성에서 발바닥에 땀 좀 빼신 분 같은데… 내기를 정말 원하신다면 내기 창구에 골드를 걸고 이야기하는 게 기본 아닌가요?
그러게요. 말로야 누구든 백만 골드를 못 걸까요.

ㅋㄷㅋㄷ, 저님 개념 탑재를 다시 하셔야 할 듯.

비웃음성 댓글이 순식간에 1천 개가 달렸다. 이 한 번의 댓글로 백 세 생존 장수 테이프를 끊은 셈.

'어, 그래?! 허풍으로 들린다, 이거지?

증거를 준비했다.

바미안 공성전 내기 창구에 1만 골드 입금했습니다. 인증샷, 인증 번호… 지금 올렸습니다.

…….

다시금 10초간 긴 침묵이 흘렀다. 이후 댓글 폭주하기 시작했다.

저님, 늦더위 먹으신 듯. 아무튼 고맙게 드시겠습니다. 바미안 함락에 1백 골드 걸었습니다. 인증 샷 올립니다.

뭔가 정보가 있지 않을까요? 바미안의 승리에 3십 골드 걸었습니다.

하이 리스크, 하이 리턴! 전 바미안의 승리에 1골드, 바미안 패배에 1백 골드. 훌륭하게 양다리 걸쳤습니다. ㅎㅎ.

오, 탁월한 선택. 전 바미안 패배에 3백 골드 방금 입금했습니다. 우리 가볍게 클랜 정모에서 삼겹살 파티해요~

오옷, 판돈 총계가 곧 상한선에 육박합니다. 바미안 공성전이 이번 주의 이슈는 이슈네요.

아잉, 내기 접수 마감하다니… 내기 창구가 개념없는 누구 덕분에 폭주했네요. 나도 삼겹살 먹고 싶다능―

ㅋㄷㅋㄷ.

승부 조작을 염려해 내기 돈의 총합에는 상한선이 걸려 있었다.

양측 내기 총합계 금액이 현질로 2억으로, 순식간에 내기 판돈이 E&T 골드로 치면 5십만 골드가 모인 셈이다.

'아쉽다. 더 빨아들일 수 있었는데… 어디 보자, 내 배당률이?'

1대 17!

잭팟이 터졌다.

1:17 배당률이면 이만한 대박이 없다.

1만 골드의 17배… 17만 골드면 그게 어딘가?

현질 가치로 환산하면 6천8백만 원이다.

수수료 0.3%를 떼고 수령하겠지만 이 정도면 훌륭한 재테크(?)가 아닐 수 없다.

'이 돈으로 부모님 노후 설계를 디럭스하게 바꾼다.'

어쩌다 보니 돈 버는 재주만 느는 것 같아…….

자랑 아니라니까.

＊　　　＊　　　＊

급하게 집에서부터 달렸다. 씻고 잠자리에 등을 붙인 지 채 30분도 안 되었을 때다.

졸음이 폭음처럼 쏟아지는 순간에 긴급 호출이 떨어졌다.

몬스터 군단이 쾌속으로 달려오고 있다는 것이었다.

토막잠으로 6시간 잔 것이 3일간 휴식의 전부였다.

빌어먹을!

'…돈 벌긴 역시 고단해.'

아무리 게임이라지만 놀면서 돈 번다는 생각은 직업이 되는 순간 접어야 한다는 말에 절대 동감한다.

긴장 자체가 달랐다.

직업이 되는 순간 천재 플레이어로 정평이 난 유저가 그저 그런 평범한 플레이어로 전락하는 것을 보아야 하는 이유였다. 이는 여흥이 삶이 되는 순간 플레이어 자신이 느끼는 중압감 때문이었다.

난 아슬아슬하게 엘리베이터에 올랐다.

단 한 번도 아리지 않았던 배가 아려왔다.

나에게 바미안을 지켜내야 한다는 중압감이 없다면 그게 사람인가.

바미안 영지민들이 보급해 만들어준 아이템을 받아 기쁜

마음을 안고 쉬러 갔다.

　지금의 나를 사랑하고 자랑스러워하는 건 분명 인공지능이다. 토막잠을 감내하며 지탱하고 있는 것도 바로 그들 때문이었다.

　내가 25년간 살아오면서 5만 6천 명의 성의가 모인 선물을 받아보았을 리 없다.

　가슴 뭉클한 감동이었다.

　나는 바미안의 NPC들을 지키고 인공지능을 수호하리라!

　그렇게 다짐했다.

　가상 오덕후라 불려도 좋다.

　"헉헉……."

　뛰어오느라 거친 숨이 엘리베이터가 움직이자마자 튀어나왔다.

　엘리베이터 안은 전부 거대 작업장의 플레이어들로 가득 차 있었다.

　내가 토해내는 거친 숨에 다들 주춤 물러났다.

　하지만 그것 때문만은 아니었다. 나를 바라보는, 왠지 동정하는 듯한 시선.

　'아차차.'

　후회해도 때는 이미 늦었다.

　완벽하게 차별화된 차림. 7부 반바지에 조리 슬리퍼, 목이 늘어날 대로 늘어난 라운드 반팔 티. 게다 반팔 티는 짝퉁 붉은 악마 응원 티!

급한 김에 잠옷 그대로 튀어나온 결과였다.

어쩐지 거리에서 시선 집중을 받는다 했다.

그렇다. 완전 아저씨 패션이라는…….

그렇게 나를 가여운 눈으로 보고 있었던 것이다.

자신들이 작업장계의 귀족이라면 나는 아마 서민 정도의 위치로 보는 것이리라.

일단 걸어오는 시비는 없다. 대신 매연 취급하며 거리를 둘 뿐이다.

엘리베이터는 층층마다 서더니 열렸다 닫혔다를 한 층에서 무려 이삼 회씩 반복했다.

다들 그런 분위기에 익숙한지 이방인을 잊고 이내 잡담에 열중했다.

"너희 팀장 이번에 잘렸다며?"

"군기 잡으시겠다고 설쳐 댈 때 알아봤지. 팀원 중 한 명과 캐삭빵(캐릭 삭제 조건 결투)을 붙었는데 본인이 지고 만 거야. 캐릭이 지워졌는데 어떻게 팀장을 하나? 결국 눈엣가시 같은 팀원 몰아내려다 자기 스스로 무덤을 판 것이지."

캐삭빵이라… 아래층 총각들은 놀아도 살벌하게 노는군.

역시 프로라 이건가.

대화는 이 둘이 주도했다.

"병맛이었는데 잘됐네. 차기 팀장은?"

"그 때문에 골치 아파. 다들 플레이는 능력 급이지만 팀원을 거느리는 것하고는 다른 문제잖아. 게다 우리 팀이 유독 강성이잖아."

"널 보면 그건 그렇지. 수틀리면 받아버리니……."

"…그 때문에 팀이 해체될지 모른다고 뒤숭숭해. 다른 팀에서 다시 시작하기는 싫은데……."

"다 그렇지. 그래서 말인데, 바미안 영주 정도 되는 유저 아니면 팀원들이 승복 안 할 거야. 그치?"

"오!! 너도 봤구나?! 완전 예술이지. 강철거인으로 어떻게 그런 동작이 가능하냐?"

"암, 예술이지. 그게 사람이냐?! 괴물이지."

"그 정도 능력자가 팀장이 돼야 무얼 시켜도 말이 없지."

"이미 대영주님이신데 작업장 팀장 직함이 뭐가 당기겠어."

"근데 얼핏 들었는데……."

"뭔데?"

뭐야? 지금 내 이야기하는 거지?! 와, 이거, 가슴이 두근거리는데.

"곧 바미안 성이 무너지면 그는 오갈 데 없는 몸이 된다, 이거지. 그때 우리 측에서 고문역으로 초빙한다는 거야. 이야기도 어느 정도 진행되었다고 들었어."

아주 소설을 써라, 소설을 쓰세요.

"저, 정말?"

"위에서 흘러나온 이야기니까 80%는 사실이겠지. 그가 습득한 강철거인의 기동 스킬만 습득해도 남는 장사라고 그러더군."

"움직임이 예술이니 나라도 돈 내고서라도 스킬 사겠다."

"그렇지, 그렇지?! 역시 우리는 통해."

"얀마, 징그럽게 붙지 마. 킥킥."

"아, 내게 강철거인 한 대만 있었으면……."

"나도……."

두 친구 간의 허물없는 대화였다.

괜히 낯이 뜨거워지는군.

'어이, 소년들! 내가 사인 한 장씩 해줄까?'

생각만 그렇게 하고 모르는 척했다. 누굴 고문으로 초빙한다는 거야?! 꿈도 야무지지.

확, 이참에 구더기 테러나 다시 준비해 봐?!

띠똥─

엘리베이터 문이 열리며 몇이 내리고 다시 새로운 몇이 탔다.

"오~!!"

엘리베이터 안 수컷들의 본성을 자아내는 탄성이 터져 나왔다.

"……!"

와우, 이 누님은 또 누구야?!

'아래층, 정말 물 좋다!'

엘리베이터에 탄 묘령의 미인은 수컷들의 시선을 가뿐히 무시하곤 닫히는 문을 향해 산뜻하게 돌아섰다.

한데 어디서 본 듯한데 전혀 생각이 나지 않는 여성이었다.

'어디서 보았더라?'

선글라스를 껴서 그런가?

작업장에서 보기 힘든 정장을 걸쳐서 그런지, 어디서 분명 본 여성임에는 틀림없다.

마침 나는 그녀의 등을 보고 선 상태였다.

'이제 2개 층 남았군. 이럴 줄 알았으면 평소대로 계단을 오르는 건데.'

그런 생각을 하고 있는데 등을 보인 여성이 갑자기 돌아서는 것이었다.

"……?"

선글라스 안의 눈이 나를 노려보는 듯했다.

엘리베이터 안의 시선이 그녀를 따라 내게 쏠렸다.

'저 아무 짓 안 했거든요?'

정말이다. 손도 엘리베이터를 타는 내내 뒷짐을 지고 있었다.

문제의 여성이 고급스러워 보이는 썬글라스를 살짝 걸치는 식으로 내렸다.

단정한 머리, 화장기 없는 깨끗한 피부, 시원하게 찢어진 눈… 세련된 정장과 세트로 어울리는 서류 가방.

어디서 본 얼굴은 얼굴인데, 어딘지 모르겠다는 것이 문제였다.

기억을 떠올리려고 고심하는 내 눈을 보며 문제의 여성이 입을 열었다.

"우리 어디서 만나지 않았던가요?"

간만에 듣는 명대사.

'어라, 나를 보고 한 말이잖아?!'

아니, 마른 대낮에 헌팅이라니!

그리고 이건 내가 해야 할 대사가 아니던가.

스슥—

한데 나를 중심으로 사람들이 한 발짝씩 물러났다.

마치 당신 둘이 무슨 시티 러브 스토리를 벌이는지 보겠다는 관전자적인 태도이리라.

전형적인 도시 OL과 목 부위가 늘어질 대로 늘어진 면 티를 걸친, 이제 막 자다 일어난 백수 타입의 청년이 마주 보고 섰다.

과연 이 둘은 어디서 만났던가?

유치원 동창?

농담 말고.

성형 수술하고 짜잔— 하며 나타난 옛날 뚱보 익친?

글쎄, 나는 사귀어도 성형수술이 필요없는 여친들로만 사귄 것으로 기억하는데… 그리고 저렇게 위에 선 자의 기품을 마구 뿌리는 여친은 절대 기억해 내지 못할 리가 없었다.

아무튼 그녀와 나, 어디서 공통 분모를 찾을 수 있단 말인가.

도시 귀족과 도시 서민의 극명한 대비만 있을 뿐.

당연히 여성의 눈은 서서히 경멸에 가까운 시선으로 바뀌고 있었다. 그녀 자신의 착각이 후회된다는 듯한 얼굴이었다.

나는 내가 불쾌해지기 전에 그녀가 원하는 대답을 해주었다.

"…기억이 없는데요?"

"그렇죠?"

"그렇습니다."

"그렇군요."

"예, 그런 거죠."

"휴―"

묘하게 긁는 안도의 한숨을 쉬며 여성은 돌아섰다.

이것으로 시티 러브 스토리는 끝이 났다.

엘리베이터 안에서 낮게 에이― 하는 김샜다는 기음이 낮게 흘렀다.

아니, 이 사람들이 뭘 기대한 거야?!

정말 모르는데 나보고 뭘 어쩌란 말인가, 오지랖 넓게시리.

다음 층에서 문제의 여성은 내렸고, 그녀는 엘리베이터 앞에 대기하는 무수한 사람들에게 둘러싸여 빠르게 무언가를 지시하는 모습을 끝으로 엘리베이터 문이 닫혔다.

나는 찝찝함을 털어내지 못하며 작업장 문을 열고 들어갔다.

'그래! 얼굴이 아니고 분위기였어. 어둠의 흑막 같은… 그리고 기분 나쁘게 내려다보는 눈!'

조화로 만든 장미꽃 화병이 눈에 들어왔다.

불현듯 한 여성 유저가 떠올랐다.

"…가시 없는 장미!"

오, 마이 갓!!

*   *   *

둥둥둥둥ㅡ

큰 북의 울림이 대기를 가득 메웠고, 북소리를 따라 살기가 성벽을 넘어 들어왔다. 대지는 우중충한 몬스터들의 무리가 만든 탁한 물결로 한가득.

적갈색 코볼트 군단을 선두로 오우거 군단의 거체들이 산보하듯 따르고 있었다.

코볼트들은 북소리 박자를 따라 두 발 전진했다 한 발 물러서는 식으로 바미안을 향해 다가왔다.

북소리에 따라 탁한 적갈색의 파고가 만들어졌다.

장관은 장관이기는 한데, 기분 나쁜 장관이라…….

한순간 북소리가 뚝 멈추었다.

고요한 정적이 허공에 흘렀다.

코볼트들의 야전 지휘소는 정확하게 바미안 외성 지휘소와 정면에 마주한 얕은 둔덕 위에 차려졌다.

상대가 누구인지 궁금하지 않을 수 없지.

성벽을 분담한 가신단들을 위해 데스 로드가 수고해 주었다.

"영혼의 눈, 산개!!"

나는 코볼트들의 지휘소를 영혼의 눈을 통해 당겨보았다.

황금색 왕관의 왜소한 붉은 털의 코볼트가 주먹만 한 구슬이 박힌 홀을 들고 전방을 노려보고 있었다. 작은 눈은 탁한 붉은색으로 연신 빛이 났고, 체구에 비해 과하게 굵고 긴 꼬리는 무려 2미터가 넘었다.

혐오의 극치.

그 번들거리는 꼬리를 채찍같이 바닥에 신경질적으로 탁탁 내려치며 주변 코볼트들에게 무어라 손가락질했다. 주위로 체구가 상대적으로 큰 코볼트들이 꼬리를 만 채 문제의 코볼트가 부리는 역정에 안절부절못해했다.

무언가 불만이라는 느낌이 팍팍 풍기고 있음이다.

그렇게 코볼트 지휘소는 바로 이 기형의 코볼트를 중심으로 움직이고 있었다.

왕관을 쓴 쥐대가리… 바로 코볼트 로드였다.

코볼트 군단… 이들은 다른 몬스터 군단이 휩쓴 영지에 뒤늦게 들어가 유저들의 상점과 창고를 털었다. 그리고 상점과 창고의 주인인 유저들에게 연락해 물건의 회수를 흥정했다.

피와 땀이 배인 물건인 경우엔 생산직 유저들은 더러워도 거래에 응할 수밖에 없었다.

공방 설비나 도구나 연장 등을 다시 마련하기엔 시간이 많이 걸리니 어쩔 수 없는 선택이었다.

아무튼 몬스터와 유저가 뒷거래를 한다?!

대놓고 악당 짓이다.

그 악당 짓을 하는 것은 나와 같은 유저. 아이러니한 것은 그가 유저들의 추대로 선출된 몬스터 로드라는 것이다.

이 문제의 악당 유저가 몬스터 로드가 되기까지 유력한 누구를 등에 업었다는 둥, 누가 뒷배를 봐준다는 식의 뒷이야기와 억측은 아직까지도 무성했다.

이도 지금 할 이야기는 아니다.

그러나 그가 지금의 새 빛 구현 사제단의 핵심 멤버들과 친분이 상당하다는 것엔 어느 누구도 이견이 없었다.

그 증거로 약탈한 아이템의 교환에 우리의 새 빛 구현 사제단이 중계인 역할을 하고 있음으로 알 수 있다.

유저들의 재산을 찾아준다는 당당한 명분을 가지고 그들 역시 수수료를 챙겼다.

그는 코볼트 로드가 되자마자 확실하게 개인 치부에 열중하며 유저들의 뒤통수를 확실하게 후려쳤다.

그가 파편 전쟁이 시작된 후 매주 1천만 원의 수익을 올리고 있다는 한국 E&T의 공식 정보에 유저들은 아연실색하고 말았다.

정보 공개 원칙이 적용되는 캐릭이기에 이는 일반인도 열람 할 수 있는 정보다. 아무튼,

세상에 몬스터들에게 아이템 앵벌이를 시키다니?!

감히 몬스터로 돈을 벌어?

그는 정말 개념인이 아닐 수 없었다.

나도 놀랐다. 나에게도 두 번의 기회가 있었으니까.

내가 굵고 짧게 살아보겠다 마음만 먹었으면 E&T를 접수하는 게 그저 망상은 아닌 것이다.

이렇게 욕먹을 줄 알았으면 나도 개념인의 길을 갈 것을⋯ 후회막심이다.

새겨듣지 마라. 다 농담이다.

여하튼 한국 E&T의 막장성을 유감없이 발휘한 유저가 탄생한 것이다.

당연히 약탈로 치부한다는 공분이 일었고, 유저 커뮤니티

에서 연일 성토 글이 올라오니 여론에 밀려 E&T가 나서지 않을 수 없었다.

'공성전을 하지 않는 몬스터 군단의 해체를 검토 중입니다' 라고…….

이에 위기를 느낀 코볼트 로드는 바미안을 향해 무려 20만에 달하는 대병력을 긁어모았다.

몬스터 군단 중 최대 병력이 바미안에 등장한 배경이었다.

이어 그는 자신이 몬스터 캐릭으로 번 돈을 유저들에게 환원하겠다고 공개 선언하기에 이르렀다.

일대 사건이기에 유저들은 크게 감동하고 말았다.

그리고 과거의 그 누군가를 연상하기에 이르렀다.

유저들은 이 코볼트 로드에게 찬란한 애칭(?)을 붙여주었다.

이메가!

그래서 유저들은 코볼트 로드를 '이메가 코볼트' 라 부른다.

실제 그가 번 돈을 환원한다 쳐도 유저들이 그냥 포기한 약탈품은?

그 가치가 그가 벌어들인 돈에 수십 배에 이를 것이라는 게 정설이다.

아무튼 그 이메가 코볼트가 20만이나 되는 내병력을 동원한 이유는 자신의 돈벌이를 지키기 위해서임이라.

그런데 지금의 표정은 뭔가 문제가 있는 눈친데… 왜 아니겠는가.

코볼트들을 오우거 군단의 도시락으로 제공해 빌붙은 이유야 뻔하다. 보다 안전하게 성을 약탈하기 위해서인데, 오우거 군단의 지명도에 밀려 서기 싫은 선두에 서고 말았으니…….

이메가 코볼트의 붉은 눈이 불안하게 요리조리 오락가락하는 것을 보니 확실했다.

머릿속에 금고만 들어찼다가 피를 담으려니 적응이 안 되는 것이리라.

나야 첫 상대가 앵벌이 개념인이라 마음이 놓였다.

한마디로 비열한 놈이잖은가.

남의 뒷주머니 넘보는 놈치고 제대로 된 놈 못 봤다.

비열한 인간은 끝까지 비열하다.

앞에 서본 사람의 용기는 타고나는 게 아니다. 용기는 실행하고 부딪치고 깨지면서 그렇게 피고름 터지는 상처 속에서 생기는 것이니까.

그런 의미에서 나는 오만 덩어리다, 그것도 커다란.

나같은 오만 덩어리는 용기를 모른다. 그저 비열한 놈을 보는 눈은 발달했다고나 할까.

지금 오만 덩어리와 비열한 놈이 맞닥뜨렸다.

그리고 나는 저놈이 최소한의 용기도 없는 놈임을 알고 있다.

그럼 게임 끝이다.

‘이메가 코볼트! 오늘 상대를 골라도 한참 잘못 골랐어!!’

機甲戰記
Massacre
기갑전기 매서커

휘오오오오옹, 파핫―!

코볼트 지휘소에서 적갈색 광구가 전방 허공을 향해 날아올랐다. 그러자,

딱딱딱딱딱딱딱딱딱―

코볼트들은 그들의 조악한 무기로 나무 방패를 두드리기 시작했다.

척척, 무기를 두드리며 두서없던 대열이 장방형 또는 지형에 맞추어 직사각형의 형태를 갖추어가는 것이었다.

백인대의 장방형이 핵심으로, 이들이 모여 직사각형의 천인대로, 이어 이 천인대가 분열해 만인대도 확상되었다.

일대 장관!

의장병들의 열병식이 연상될 정도로 간격과 폭이 엄정했다.

누가 저들을 저열한 인공지능의 창조물이라 할 수 있을까.

아니, 인공지능이기에 보여줄 수 있는 엄정함일지도.

그렇게 질서정연한 간격을 확보하자 코볼트들은 더욱 있는 힘껏 무기를 두들겨 댔다. 이어,

키잇이— 키잇이— 키잇키잇—

길쭉한 주둥이로는 유리 긁는 식의 기성을 낮고 길게 흘렸다.

무려 2십만에 달하는 대병력이 똑같은 행동과 소리를 낸다?

여간 거북한 소리가 아니다.

아니나 다를까, 코볼트 대열에서 사나운 기파가 넘실거렸다.

이 기파는 코볼트 특유의 적갈색.

> …코볼트들의 사기가 1% 상승했습니다.
> 마법 저항력이 2% 증가했고, 물리적 방어력이 2% 증가했습니다.
> …….

그들만의 방법으로 전의와 용기를 북돋웠음이다.

적갈색 기파가 누구나 느낄 정도로 선명해졌다.

> …코볼트들의 사기가 3% 상승했습니다.

마법 저항력이 6% 증가했고, 물리적 방어력이 6% 증가했습니다.
……

경고! 방어전에 참가한 영지민들이 코볼트 군단이 보여준 위용에 위축되었습니다. 시야가 3% 줄어들었습니다.

"쥐새끼들이……."

이때까지 차곡차곡 사기를 꺾어놨는데 이 한 번의 퍼포먼스로 의미없게 되고 말았다.

싸움도 하기 전에 기세에서 눌리면 안 된다!

"바드 병단장님, 음악의 힘이 무엇인지 가르쳐 주셔야 할 것 같습니다."

"기다렸습니다. 저열한 인공지능들이 감히 여기가 어디라고."

"믿습니다."

"바드의 고향, 바미안은 우리가 지킨다!"

말이 끝나기가 무섭게 성벽 위에서 바드 유저들이 연주를 시작했다.

뿌우우, 뿜빠뿜빠— 챙챙! 뿌우우, 뿜빠뿜빠— 챙챙!

곡의 제목은 '바미안은 바드들의 고향이다'라는 전투 고양곡이라는데… 귀에 여간 익숙한 것이, 고전 군가를 개조한 것이었다.

'크, 어쩐지 후딱 만들었다 했더니, 날로 먹는군.'

아무튼 벼락치기 도작을 했든 아니든 뿜어져 나오는 군가엔 힘이 있었다.

금관악기 특유의 웅장한 금속음과 파열음이 대지로 웅장하게 내려앉았다.

당연히 이 악기들엔 음역 확대 마법진이 새겨져 있었다.

순식간에 코볼트들이 토하는 쇠 갈는 소음을 덮어버리며 적갈색의 불길한 기운을 진지 밖으로 밀어냈다.

코볼트들의 충천하던 사기가 주춤합니다. 코볼트들의 사기진작은 철저히 봉쇄되었지만 아군의 사기를 앙양하기엔 역부족입니다.

역시 E&T는 날로 먹는 게 없다.

'쯧쯧, 좀 독창적인 창작물을 연주했으면 이러진 않을 텐데 말이지. 나중에 상금 걸고 공모라도 해야겠어.'

역시라고나 할까. 코볼트들의 이 가는 소리가 커지며 바드들의 연주를 간간이 압도하며 침범하기 시작했다.

그에 바드들 역시 기세에 밀리지 않으려고 있는 힘껏 악기를 불어냈다. 얼마나 기력을 불어넣었는지 바드들이 이마에 새파란 힘줄이 툭툭 불거졌다.

뿌우우, 뿜빠뿜빠— 챙챙! 콱콱콱콱콱—!!

적갈색으로 유형화된 기세와 다양한 색이 버무려진 기세

가 전장을 사이에 두고 충돌했다.

밀고 당기고 밀어내고 밀리고… 사기를 키우려는 측과 이를 억제하려는 측과의 보이지 않는 공방이 팽팽하게 본격적으로 펼쳐진 것이다.

하지만 시간이 지날수록 20만에 달하는 쪽수익 힘이 바드들을 압도하는 게 여실히 드러났다.

전장 곳곳에서 적갈색의 기세가 진지로 침입해 들어왔다.

미요가 이날을 위해 바드들을 8백 명이나 긁어모았는데 전장을 아우르기엔 역부족이었다.

바미안 성이 그만큼 커져 버렸음이다.

그럼에도 10분간의 팽팽한 대치가 있었다.

바드 중 일부가 헥헥거리며 대열에서 이탈하기 시작했다.

거기엔 바드 병단장도 끼어 있었다.

그는 얼굴색이 하얗다 못해 파리했다. 포션을 들이켠 후 숨고르기를 하며 대열을 지키는 동료들에게 미안한지 억울한 듯이 중얼거렸다.

"내가 이참에 담배 끊는다……."

꼭 성공하십시오!

내 눈치에 자칭 '프라임 아티스트' 바드 병단장이 미안한 표정으로 요청해 왔다.

"영주님의 도움이 필요합니다… 부탁드립니다."

영주인 내가 힙주에 참여하기를 바람이나.

"이거, 쑥스러운데…….."

나는 약간은 계면쩍어하는 모습을 보이며 어른 키 높이의 징 앞에 섰다. 징은 지휘소에 위치한 기물이라면 기물로, 바로 나의 악기였다.

유저들과 영지민들의 시선이 기물 옆에 우뚝 선 나에게 쏠렸고, 허공을 배회하던 중계 카메라까지 집중적으로 나의 모습을 담았다.

내가 나를 보는 기분은 참으로 묘하다.

헉스님이 손수 제작한 화려한 은백색 의장 갑옷에 실비의 선물인 핏물이 배여 나올 것 같은 진홍색 망토까지 더해져 내가 바로 바미안의 영주라고 선전하고 있음에 다름없었다.

게다 여기에 윤기가 잘잘 흐르는 우윳빛 해골 투구. 바로 오우거 두개골에 미스릴로 코팅한 것이다.

미스릴 해골 투구, 군주의 은백색 판금 갑옷, 핏빛 망토… 비쥬얼만으로도 카리스마 짱!

총괄적인 지휘와 영지민들의 사기를 위해 어쩔 수 없는 코스튬이리라.

'내가 방송을 좀 알지.'

아, 낯간지러워…….

한데 이런 뻔뻔스러움도 소용없다. 얼굴을 해골 투구로 가렸음에도 몰린 시선이 뜨겁고도 뜨거웠다.

갑옷을 뚫고 마구마구 들어온다.

'제, 제길… 이거, 장난이 아니잖아.'

누군가의 기대를 한 몸에 받는다는 것이 이렇게 식은땀이 흐르는 일일 줄이야.

나를 향한 눈빛들이 세세하게 읽혀졌다.

존경과 우려, 기대와 의구심, 희망과 두려움… 니를 보는 감정이 복잡하게 얽혀들어 왔다.

이런 복잡한 시선이 이 한 몸에 쏠려 있다 상상해 보라!

그냥 녹는다!

얼굴을 가렸으니 망정이지, 얼굴이 익는다는 것이 이런 느낌이리라.

'침착, 또 침착. 지오, 넌 충분히 뻔뻔해! 그러니 할 수 있어!'

나는 의식적으로 눈앞에 있는 키 높이의 둥근 물체에 집중했다.

징의 거친 표면에 내 모습이 있는 그대로 비쳐졌다.

징!

원반 형태의 은은한 붉은빛이 감도는 황동색 금속체일 뿐이다.

하나 이 적동색의 볼품없이 크기만 큰 징은 영지민들이 나를 위해 준비한 아이템.

그렇다!

작은 숙녀 룰라가 모은 쿠퍼를 녹여 이 징을 만든 것이었다.

가셔나 낸 손끝을 타고 금속체 특유의 차가운 여운이 흘러

들어 왔다.

　지이이이이이이이잉―!

Item

이름 없고 볼품없는 징.

등급:유일무이.　　　종류:알 수 없음.

옵션:오로지 선물받은 주인공만이 다룰 수 있습니다.

　　아이템의 특성이 미결정 상태입니다.

　　재련은 불가능합니다.

'한 푼, 두 푼…….'

'우리의 정성을 모았습니다.'

'바미안은 제로의 고향, 영웅의 고장, 당신은 우리의 자랑―'

바미안의 영지민들이 1쿠퍼씩 모아 이를 녹여 만든 투박한 징입니다.

무기도, 악기도 아닌, 기묘한 아이템이 아닐 수 없죠.

하나 E&T를 통틀어 이제껏 만들어진 적이 없는 아이템입니다.

영지민들의 당신에 대한 사랑과 기대, 마음이 이 징에 깃들어 있습니다. 오직 당신만이 이 악기의 진가를 알고 그 힘을 발휘할 수 있습니다.

주의:아이템 매각 시, 만든 이들의 성의를 저버린 것이 되어 엄청난 저주가 따릅니다.

나는 영지민들의 마음을 느끼면 징의 넓은 면을 쓰다듬었다.

'아이템이 초라하면 이름이라도 자긍심이 있어야지.'

"이름 부여!"

어떤 이름을 부여하길 원하십니까? 영주님의 부여한 아이템에는 '바미안의'가 붙습니다. 아무 아이템이나 이름을 붙이면 당신의 명성이 깎일 수 있습니다.

살짝 갈등이 일었다.

'그들이 붙여주고 키워준 명성이다. 지금 내 이름은 그들을 위해 존재한다.'

징 모서리를 살짝 잡아보니 두터운 금속의 두께가 느껴졌다.

1쿠퍼를, 아니, 십 원짜리를 얼마나 모아야 이런 두께가 나온단 말인가.

차가운 금속 특유의 기운이 타고 들어와 냉정함과 가슴 뜨거움이 함께 전해져 왔다.

나는 영지민들의 얼굴 하나하나를 떠올리며 감사의 염을 담았다. 비록 NPC들이지만 나를 진정으로 응원해 주는 고마운 사람들이 아닐 수 없다.

…인공지능들의 마음이 느껴졌다. 그들의 마음은 별처럼 빛이 났다.

매서커의 순간 동화율이 ㅁ5%로 급등했습니다.

매서커의 동화율이 ㅁ8%에 이릅니다.

'그런 그들이 자부심을 느낄 수 있도록! 아니, 내가 자부심을 느낄 수 있도록!!'

…심리적으로 안정적이고 지극히 순수합니다.

"붉은 별!"
슈화앗―!!
이름을 부여하자 황동색 징에 붉은 기운이 스며들었다.
차란―!

이름없고 볼품없는 징에 새로운 이름이 부여되었습니다. 영주가 명명한 첫 아이템, **'바미안의 붉은 별'**이 탄생했습니다.

징의 표면을 따라 요요로운 붉은빛이 발하기 시작했다. 이것은 분명 매서커의 핏빛 아우라가 스며든 결과이리라.
보는 것만으로 흐뭇했다. 아니나 다를까,

Item

바미안의 붉은 별.

등급:유일무이.   종류:성장형.

옵션:오로지 선물받은 주인공만이 다룰 수 있습니다.

　　주인의 의지에 따라 발전, 성장합니다.

　　단, 제련은 불가능합니다.

…중략…….

무기로도, 악기로도… 어떤 의도를 가지더라도 바미안의 붉은 별은 당신의 의지를 받들 준비가 되어 있습니다.

무기로 사용하기엔 그 크기가 너무 컸다.

그저 상징적인 의미만으로도 충분한 것이다.

Quest

진홍 아우라의 성장.

학살자의 핏빛 아우라가 발현되면 당신의 적들은 꼼짝할 수 없습니다.

'당신은 아우라를 아이템에 스며들게 하였습니다.'

매서커가 아우라의 새로운 운영 방법을 알았습니다.

핏빛 아우라가 부여된 아이템 역시 적의 마음 깊은 곳에 억눌린 공포를 불러일으킵니다.

팁:아우라의 발전된 생성으로 오러의 발현 속도가 5% 증가했습니다.

　오러의 무구 전이도가 3% 증가했습니다.

　오러의 응축도가 3% 상승했습니다.

　오러의 유지 시간이 1% 증가했습니다.

이어,

Lord

영지민의 감동.

'아, 과분하게 우리의 선물에 별의 칭호를 수여하시다니!'

영주의 인정과 감사의 염이 전달되었습니다. 영지민들은 크게 감동했습니다. 대군 앞에 위축되었던 사기가 무럭무럭 증가하고 있습니다. 더 이상 위축은 없습니다.

영지민들이 영지병과 자경단의 통제에 적극 협력합니다.

'과연 영주님! 믿고 따르겠습니다.'

의용 민병대의 공격력이 3% 상승했습니다.

방어력이 3% 상승했습니다.

궁수들의 시야가 밝아졌습니다.

……

'유저인들이 악기를 다룰 줄 모르는군. 우리들의 실력을 보여
주지.'

바드 병단에 악기를 다룰 줄 아는 영지민들이 대거 참여했고, 노인들
로 이루어진 의용 악단이 방금 조직되었습니다.

영지민들의 전폭적인 지원과 교대로 지친 바드들이 신선한 공기를
들이마셨습니다. 바드들의 피로도가 3% 줄어들었습니다.

성벽 위의 활기찬 분위기를 감지했음인가.

귀를 파고드는 거북한 소리가 따뜻한 감상을 깨뜨렸다.

끼이이이이잇—!!

멀리 참호를 향해 다가오는 코볼트 군단의 움직임이 심상
치 않았다.

사기를 압도하지 못하자 거리를 좁혀 도전하려는 것이었
다.

색은 불길할 정도로 선명했다.

적갈색의 파도가 격하게 넘실거렸다.

*　　　*　　　*

지금이 내가 나설 때.

이것이 바로 징 채!

나는 오우거 팔뚝 뼈를 손에 들었다. 길이는 무려 1미터.

팔을 높이 치켜들고 있는 힘껏 징의 정중앙에 내려쳤다.

츄촤아아아아아앙―!!

징에서 퍼져 나온 웅장한 고유의 금속 파열음이 울리며 붉은 파장이 파문을 일으켜 대기 중으로 번져 나갔다.

이 옅고 가느다란 붉은 파장이 바드들이 발현한 음파에 덧씌워졌다. 그리고 선명한 적색의 파장으로 화했다.

이 적색 파장은 사납게 일렁이며 코볼트들이 발한 갈색 파장과 격돌했다.

츄우웅―!

파스스스스스슷―

적색의 파도가 갈색의 파문을 집어삼켰다.

징이 일으킨 파장의 여운은 길고, 멀리, 깊게 번져 나갔으니……

순식간에 코볼트들이 발하는 기음을 덮어버렸고 코볼트 병진을 뒤덮었다.

이 붉은 파장에 노출된 코볼트들은 부르르르 진저리를 치며 파고가 지나간 순서대로 동작을 멈추었다.

그렇게 바미안을 질기게 압박하던 적갈색 파고는 흔적도 없이 사라졌다.

> **공포의 깊은 울림!**
> '큐릇, 오우거다! 달아나야 돼!!'
> 코볼트들이 오우거에 쫓기는 공포를 떠올립니다. 공포는 코볼트들 속으로 무섭게 번져 갑니다.
> 3초간 모든 동작과 생각이 멈추었습니다.

코볼트의 전의로 빛을 발하던 붉은 눈이 어둡게 가라앉았다.

짜잔—!

> # Quest
>
> **매스 이펙트!!**
> '영지민의 애정, 군주의 핏빛 아우라, 천적의 뼈…….'
> 바미안의 붉은 별에 매스 이펙트 효과가 부여되었습니다.
> 붉은 별의 울림이 2만에 달하는 코볼트 무리에 심리적인 영향을 끼

쳤습니다.

이는 단일 아이템이 이룬 E&T 최대 효과입니다.

그렇습니다. 전 E&T 세계가 붉은 별의 울림이 이룬 성과를 지켜보았습니다. 바미안의 NPC 영지민이 보여준 모습이 유저들의 생각에 일대 변화를 가져올 것입니다.

대단합니다!

이에 바미안의 붉은 별에 '공포의 깊은 울림' 기능이 부여되었습니다.

효과:붉은 별의 울림에 노출된 적은 그 공포로 3초간 동작이 정지합니다.

오옷, 대단한데…….

일개 단순한 징이 '매스 이펙트' 아이템이 되다니.

이 붉은 별이 뭔가 일을 낼 것 같은 느낌이 들었다.

역시 영지민에 대한 내 사랑의 깊이가 이런 기적을 만들어 낸 것이리라.

나는 있는 힘껏 징을 다시 울렸다.

츄와아아아아아아아아앙—!!

선명한 붉은색 학살의 아우라가 멀리멀리 번져 나갔다.

그렇게 징은 오래도록 진동하며 공포를 적에게 뿌렸다.

코볼트들은 두리번거리며 진저리를 쳤고, 일부는 등을 돌렸다.

단숨에 사기는 역전!

바드 병단장은 놀란 눈으로 나를 바라보았다.

"어떻게 이런 일이… 바드들이 바라는 궁극의 악기야."

내가 여유있게 눈을 찡긋하자 그제야 정신을 차리고 바드들을 격려하기 바빴다.

"더욱 풍악을 울려라—!"

뿌우우, 뿜빠뿜빠— 챙챙! 뿌우우, 뿜빠뿜빠— 챙챙!

군가의 음률이 징의 여운과 합체되어 경쾌하고 흥겹게 전장에 퍼져 나갔다.

Quest

적 사기 붕괴!

'훗… 역시, 쥐돌이는 쥐돌이.'

사기의 겨룸에서 바미안 측이 승리했습니다.

코볼트들의 사기 침습을 단번에 깨뜨린 데 이어 전의를 상실하게 만들었습니다.

팁:2만 대병력에 응전한 바드 병단의 유저들에게 스탯 포인트가 1씩 주어졌습니다.

"와아아아아—!!"

의외의 혜택에 바드들이 일제 힘성이 터져 나왔다.

> 단, 바미안이 함락되면 부가된 스탯 포인트는 회수됩니다.

그 뒤에 붙은 단서 조항은 함성에 묻혀 버렸다.

바드들의 환호의 외침에 다른 유저들과 영지민들도 가세해 무기를 흔들며 그들의 성취를 축하했다.

둥둥!

> 성벽 위의 유저와 영지병들의 사기가 올랐습니다.
> 한 시간 동안 바미안 측 궁병의 시야가 8% 밝아졌습니다.
> 한 시간 동안 궁병의 연사율의 3% 증가했습니다.
> 한 시간 동안 바미안 측 공성 병기의 연사율이 5% 증가했습니다.

사기충천한 이때,

끼앗아아아—!!

기성이 울리며 코볼트 측 지휘소에서 선홍색 형광구가 긴 꼬리를 그리며 오우거 군단 쪽으로 사라졌다.

이어 지팡이를 들고 화려한 치장을 한 코볼트들이 우르르 쏟아져 나왔다. 이들은 빠르게 동요하는 진영 곳곳으로 흩어졌다.

일반 코볼트들의 정신을 조종하는 코볼트 메이지와 코볼트 샤먼이었다.

이들이 병진에 가세하자 동요하던 병진이 그제야 안정을 되찾았다.

그렇게 기세 싸움은 끝이 났다.

機甲戰記
Massacre
기갑전기 매서커

끼잇— 캬캬! 키잇— 캬캬!

코볼트 병사들이 코볼트 메이지와 샤먼의 지시에 따라 갈색 물약을 입안으로 털어 넣었다.

수십만 마리가 동시에.

카르르르릇, 꿀꺽—

코볼트들이 '뒤를 돌아보지 않는' 전투 물약을 복용했습니다. 전투 물약의 효과로 광포 상태에 들었습니다. 더 이상 공포에 노출되지 않습니다.

…별걸 다하는군.

'어? 분위기가 장난 아닌데?'

코볼트들의 눈이 돌았다.

코볼트 병사들이 일제히 돌격해 왔다.

우르르르르르—

둥글게 포위한 전선에서 벌어진 일제 돌격이었다.

20만에 달하는 대병력의 일제 돌격!

땅이 흔들렸다.

영화의 한 장면이 이럴까.

나는 쉬지 않고 징을 울려 바드들의 연주에 계속 힘을 실어 주었다.

그렇게 징을 울리며 전장을 향해 명령했다.

"투사기 발사—! 발사체는 산탄!!"

이에 지휘소 뒤편에 준비된 깃발이 올랐고, 이를 보고 진지와 참호의 병사들이 소리 높여 최전선으로 복창하며 전달했다.

"투사기 발사!! 발사체는 산탄!!"

구령과 동시에 장전된 투석기가 일제 발사되었다. 발사된 것은 엄지손가락 굵기로 파쇄된 자갈이었다.

투퉁— 텅! 슈슈슈슈슛—!!

수만 개에 달하는 자갈이 진격하는 코볼트 무리의 머리 위로 우수수 떨어져 내렸다.

투타타탁!

키에에에엣—!

산탄은 반경 15미터 원형의 화망을 형성했고, 화망 안에 든 코볼트들은 머리 등을 부여잡고 고통스럽게 나뒹굴었다.

뒤따르던 코볼트들이 넘어진 동료 코볼트들을 밟고 지나갔다.

오직 앞으로!

투사 병기의 포격 앞에서 전력 질주밖에 없음을 코볼트의 인공지능도 아는 것이다.

그렇게 코볼트들은 물밀듯이 몰려왔다.

"장전, 발사체는 유탄! 일제 발사—! 이후, 자유 발사!!"

같은 식으로 깃발이 올랐고, 병사들을 통해 전방 진지에 전달되었다.

이후 전장 곳곳에서 둥근 항아리가 허공을 가르는 특유의 기음이 흘렀다.

휘유우우우우우우웅—!

콰가각— 콰쾅!!

전장 곳곳에서 기름 항아리가 일으킨 불기둥이 시커먼 버섯 연기를 피워 올리며 치솟았다.

히엑!!

캬아아아아악—!!

불붙은 코볼트들이 사방으로 흩어지며 고통에 찬 기성을

토해냈다. 몸에 불이 붙은 채 땅을 굴렀지만 불은 쉽게 사그라지지 않았다. 연금술사들의 도움으로 그렇게 만든 기름이기에.

이로 인한 코볼트들의 피해는 산탄에 비할 바가 아니었고, 그렇게 처참한 불지옥의 저지선이 펼쳐졌다.

불기둥과 시커먼 연기가 전장의 아련한 기억을 끄집어냈다.

'…동정은 금물.'

나는 어금니를 질끈 깨문 채 징을 계속 울렸다.

"발사체 소진 후, 이선으로 후퇴!"

투사기가 배치된 진지엔 5개의 발사체를 배급했다. 이를 전부 소진하면 이차 저지선으로 후퇴하는 식으로 훈련을 마쳐 놓은 상태였다.

자갈, 기름 항아리 등이 두서없이 허공을 갈랐다.

그러자 코볼트 메이지들이 나서 불기둥을 잠재우고 샤먼들이 바람의 장막을 일으켜 자갈 세례를 막기 시작했다.

그렇게 코볼트들은 화망을 뚫으면서 꾸역꾸역 밀려왔고, 투사기가 배치된 전초 진지에 진드기같이 달라붙기 시작했다.

투둥─

마지막 투사체가 허공을 갈랐다.

"발사 완료! 이선으로 후퇴!"

투사기를 다루던 병사들이 좁은 참호로를 따라 질서정연

하게 후퇴했다. 진지에 달라붙은 코볼트들은 전혀 신경 쓰지 않은 채.

진지를 떠나는 마지막 병사가 붉은 줄을 당기는 것으로 그들은 맡은 임무를 완수했다.

정확히 3초 후, 병사들이 떠난 진지는 코볼트들의 차지가 되었다.

그러나 코볼트들은 잠깐의 환성조차 지를 수 없었다.

콰콰아아앙—!!

불기둥이 진지를 뒤덮었다.

전장 곳곳에서 비슷한 불기둥이 솟아올랐다.

후끈한 후폭풍에 노출된 코볼트들이 가랑잎 쓸리듯 밀려났다.

> 작전 성공!
>
> 일차 방어선이 무너졌습니다.
>
> 진지를 지키는 병사들이 무사히 퇴각했습니다.
>
> 그렇습니다. '버섯구름 작전'이 성공했습니다.
>
> 코볼트 측의 피해는 사망 1,289마리, 전투 불능 부상 1,348마리가 발생했습니다.

내가 구상한 작전은 후퇴가 핵심이었다.

진지와 참호를 왜 구축했겠는가?

한 사람이 아쉬운 바미안이다. 아무리 NPC라 해도 땅 한 뼘 지키기 위해 낭비할 수 없음이다.

이 모든 것은 무의미한 백병전을 피하기 위한 장치.

진지와 참호는 영지병을 보호하기 위한 대피처와 대피로일 뿐이었다.

그렇다. 수개월간 흘린 땀은 오늘 하루 흘릴 피 한 방울을 아끼기 위해서였던 것이다.

최전방 진지에 불기둥이 피어오르는 것을 신호로 이차 저지선의 투사기들이 자동으로 반응했다.

목표는 불기둥이 피어오르는 최전선 진지. 아군이 지키던 바로 그곳!

처음과 똑같은 자갈 산탄과 기름 항아리가 함락된 진지를 향해 발사되었다.

투사체가 허공을 가르는 소리가 아름답게 울려 퍼졌고, 폭음과 비명의 긴 여운이 그 뒤를 따랐다.

코볼트들을 기성을 지르며 진격해 왔다.

이차 방어 진지 역시 발사체를 소진한 다음엔 여지없이 후위 진지로의 후퇴로 이어졌다.

코볼트들은 인간의 창끝을 볼라 치면 빈 진지를 차지할 따름이었다. 그리고 차지한 진지는 그들을 괴롭힌 투사기와 함께 여지없이 불에 잠겼고, 화염의 버섯구름이 피어 올랐다.

쿠쿵!! 콰과아앙─!!

그렇게 방어 진지를 중심으로 코볼트들의 그을린 사체가 늘어만 갔다.

그러나 이때부터는 코볼트들이 방어선 안으로 진입한 후인지라 미로 같은 참호선을 이용하기 시작했다.

코볼트 종족 특유의 본능으로 투사체의 화망을 피해 좁은 참호 속으로 스며든 것이었다.

이때부터 코볼트들의 피해는 급속도로 줄어들었다.

그리고 제 세상을 만났다는 듯이 참호로를 따라 진격하기 하기 시작했다.

시커먼 참호로가 적갈색으로 물드는 게 지휘소에서 선명하게 보였다.

'후훗, 좋아! 그러라고 만든 거야. 그렇게 본능에 충실해.'

참호를 따라 이동한 코볼트들은 석판이 깔린 원형 지대로 모여들었다. 그곳은 족히 1백 마리는 수용할 수 있는 규모였다.

나오려고 보면 5미터 높이의 흙벽이 사방에서 버티고 있다.

이런 장소가 방어 진지 곳곳에 18곳이나 마련되어 있다.

그리고 원형 지대는 금세 한가득 코볼트들로 채워졌다.

"안전하다고 다 좋은 게 아니지. 엔진 가동! 펌프 출력 최대!!"

지휘소의 깃발이 오르고, 외성벽 안으로 병사들이 명령을
전달했다.

"엔진 가동― 펌프 출력 최대―!"

이에 외성벽 안에 얌전히 대기 중인 강철거인들이 일제히
기동음을 토했다.

기이이이이잉― 후우우우우우우웅―!

그러자 코볼트들이 모인 원형의 구덩이에 빛기둥이 피어
올랐다. 전형적인 이동 게이트가 생성되는 이펙트.

큐웃?

키릿?

큐룻?

파스스스스스―

코볼트들은 의문을 풀 틈도 없이 빛기둥 안에서 옅은 빛으
로 분해되었다. 그것도 수십 마리가 일시에.

'여행을 즐겨보시라. 단체 관광인가?!'

> 강력한 마력의 지원으로 매스 텔레포트가 성공적으로 이루어졌습니
> 다. 총 1,547마리의 코볼트가 전송되었습니다.

강제적인 매스 텔레포트가 발생된 것이다.

그리고 텔레포트된 장소는 코볼트들로 뒤덮힌 전장 한가
운데!

슈우우우우우우웅—!

갑자기 공간을 가르고 나타난 투명한 코볼트와 원래 있던 코볼트와 한 공간에 겹쳐졌다. 투명한 코볼트들은 곧 실체화가 되었고…….

크힛, 끼아아아앗—!!

처절한 비명이 터지며 코볼트들이 퍼덕거리며 쓰러졌다.

누가 의도적으로 그리고 싶어해도 그려질 수 없는 그림이 펼쳐졌으니… 등에서 팔이 삐져나오고, 배에서 또 다른 머리가 튀어나온 개체들이 한가득 발생했다.

그렇다.

공간이 겹치며 서로의 육체가 겹쳐 버린 것이다.

이 한 번의 매스 텔레포트에 2천 마리가 넘는 코볼트들이 죽거나 병신이 되었다.

그렇게 육체가 뒤엉킨 코볼트 사체 더미가 곳곳에 생겨났다.

이 광경에 한창 열을 올리고 떠벌거리던 방송창이 고요해졌다.

'16금 판정은 받아놓은 당상이군. 동영상 판매상들이 울상이겠어. 감히 이 몸이 고생하는 걸 가지고 돈을 벌겠다고?! 흥!'

함정은 간단했다.

도시 간 게이트 이동 시, 현재로서는 최대 10명이 한계였다.

물론 이동 거리가 100미터 앞이면 기백 명도 이용할 수 있다. 하나 100미터를 움직이기 위해 게이트를 이용하지 않는다.

나는 근거리 '매스 텔레포트' 마법진을 석판 아래 감추어 놓았다. 그리고 이를 가동하기 위해 강철거인의 마나 엔진과 마나 펌프의 마력을 동원했다.

누가 보면 외성을 지키기 위해 곳곳에 강철거인을 준비한 것처럼 보이지만, 실은 모두 이를 위한 것이었다.

당연히 비살성 마법이라 마력 효율도 겁나게 낮았다.

모두 내가 디자인한 함정이었기에 당연히 나의 경험치 바가 힘차게 꿈틀거리고 있었다.

레벨이 한참 낮은 코볼트지만 일시에 2천 마리나 죽어나가면 사정이 달라진다.

고렙이 되어 레벨업을 하려면 네임드 보스 몹을 잡거나 지금처럼 티끌을 모아야 한다.

아무튼 이런 함정이 발동하는지도 모르고 좁은 참호로를 따라 코볼트들이 꾸역꾸역 함정 지대로 모여들었다.

텔레포트가 떨어진 지역이 후방이기에 모를 밖에.

그리고 매스 텔레포트 재가동!

환상적인 빛기둥이 장엄하게 일어났다.

그렇게 죽음으로 가는 통로가 다시 열렸다.

이제 어느 누구도 게이트의 빛기둥을 낭만적으로 바라보지 않을 것이다.

텔레포트 지역은 무작위로 설정되어 있었다. 그저 5백 미터 밖의 설정뿐.

    함정이 발동될 때마다 전장 한가운데에 최소 수백 마리에서 최대 이천 마리나 되는 코볼트들이 육체가 뒤엉키는 식으로 죽어나갔다.

    함정 내에 코볼트 메이지나 샤먼이 있어도 속수무책이리라.

    코볼트 메이지와 샤먼들의 인공지능은 공격 마법에 민감하게 대항하게끔 설계되어 있지만, 텔레포트 마법에 그 어떤 공격성을 찾을 수 없으니… 생활 마법이 아닌가.

    그저 멀거니 빛기둥을 바라보며 당할 수밖에 없는 것이다.

    이도 레벨 낮은 인공지능의 비애라면 비애일 것이다.

    두둥―!

Quest

대량 살육.

'킬링 필드.'

현재 1만에 달하는 코볼트들이 죽었습니다. 바미안 측의 피해는 전무한 상태입니다.

파편 전쟁이 시작된 이후 어떤 전장에서도 일구지 못한 성과입니다.

…섬뜩합니다.

팁:영지민들의 사기가 꾸준히 상승하고 있습니다.

함정을 설치한 메이지 지오와 매드 메이지 지오에게 INT 스탯이 1乬씩 부여되었습니다.

도움을 준 의용 메이지들에게 INT 스탯이 2씩 부여되었습니다.

참고:의용 마법병단의 메이지들이 함정의 원리를 진지하게 탐문하고
있습니다.

거참, 쑥스럽게.

이후 수차례 매스 텔레포트 마법이 성공적으로 발동했다.

전장은 코볼트들이 지르는 당혹의 기성으로 가득한 것이,
코볼트들의 머릿속에 공포가 끈적하게 달라붙었다.

적이 뿜어내는 공포는 당연히 음흉한 그 누군가의 자양분
이 되었다.

매서커 지오가 레벨업을 하였습니다.

"흐흠, 이렇게도 레벨업이 되는군."

　　　　*　　　　　*　　　　　*

파츠웅—!!

긴 여운이 흐르며 빛기둥이 하나둘씩 사라져 갔다.

방송을 모니터링하고 있음인지, 코볼트들이 함정 지대의

석판을 부수고 감추어진 마법진을 훼손해 버린 것이다.

'빌어먹을, 방송이 프락치로군. 어쩔 수 없지.'

하지만 이렇게 되기까지 이미 3만에 달하는 코볼트들이 죽은 뒤였다.

코볼트들은 의심되는 지대나 공간이 나타나면 어김없이 땅을 파헤쳐 함정 유무를 확인했다.

그렇게 더디고 더디게 코볼트들은 외성 밖 해자 앞까지 진격했다.

적의 더딘 진격에 진지를 지키던 병사들은 모두 안전하게 최종 방어선인 방어탑 안으로 들어설 수 있었다.

나야 이것으로 된 것이다.

방어탑은 해자 너머의 아담한 성으로, 높이는 12미터에 해자를 메우려는 적들의 측면을 요격하는 용도로 만들어진 것이다.

방어 인원 150~200명을 수용할 수 있으며 하늘에서 내려다보면 완벽하게 고립된 것처럼 보이지만, 외성과는 해자 밑을 지나는 지하 통로로 연결되어 있었다.

하지만 성의 벽면은 손으로 기어 올라올 수 있을 정도로 울퉁불퉁하며 거친 것이, 급하게 만든 티가 역력하다는 단점이 있었다.

코볼트에겐 벽을 오르는 데 사다리가 필요없다.

살고리 같은 손톱과 발톱을 이용해 오르지 못할 곳이 없다.

이런 단점을 지닌 미니 성이 외성 둘레로 8개가 준비되어 있었다.

이제부터는 영화에서 그려준 전형적인 공성전이 벌어질 터였다.

슈슉ㅡ! 와아아아ㅡ!! 투둥ㅡ!!!

방어탑을 중심으로 전투가 치열하게 벌어졌다.

방어탑의 지휘는 가신단과 용병단장들이 맡은 상태였다.

"눈감고도 맞추겠어. 쏴라ㅡ!"

"감히 여기가 어디라고. 이얍ㅡ!!"

"부상병을 외성으로 옮기고 화살 다발을 더 가져와ㅡ!"

"크카캇, 곧 레벨업이다!"

그들은 유저 특유의 카리스마를 발휘하며 이슈타르 인 병사들을 독려했다.

외성벽을 지키는 유저들도 가만있지 않았다.

방어탑을 엄호하기 위한 투사기가 쉴 틈 없이 발사되었고, 공격 마법이 끊임없이 발현되었다.

"장전, 조준… 발사! 다음 발사체는 기름 항아리. 빨리ㅡ!"

"광란의 불비!"

"광야의 전격 폭풍!"

"홍염의 기사 소환ㅡ!"

코볼트 측에서는 코볼트 메이지와 샤먼들이 뭉쳐 외성에

서 발현된 마법체와 투사체를 요격해 댔다.

우르릉. 콰콰아앙—!

해자를 사이에 두고 형형색색의 마법체와 투사체가 난무했고, 귓속을 후벼 파는 폭음이 연신 터져 나왔다.

어느새 참호 속에서 코볼트 궁병들이 화살을 날리기 시작했다. 그러나 조준 없는 단순한 곡각 사격.

휘이이이잉— 후드드드드드—

수천 발이 일제히 발사되어 하늘을 새까맣게 뒤덮었다.

화살 구름이란 이를 두고 하는 말이리라.

"쉴드—!!"

"에어 돔!"

투드드드드드드드.

우산을 때리는 우박 소리를 내며 화살들이 튕겨 나갔다.

눈먼 화살에 당한 병사들이 생겨났다.

방패로 가리지 못한 발등, 정강이, 허벅지에 화살이 박히고 만 것이다.

코볼트의 화살은 두 뼘 길이로, 이는 마치 애들 장난감 같다.

"크읏, 제길, 재수없게……."

"방패 밀집! 부상병은 물러나도록—!"

"이 정도는 버틸 수 있습니다."

"무슨 소리! 코볼트의 화살엔 부패독이 발라져 있다. 빨리

살을 도려내지 않으면 절단해야 한다. 어서 내려가."

"크으, 아직 한 마리도 죽이지 못했는데……."

"억울해 마라. 조치 후 거동할 수 있으면 복귀하도록. 우선은 치료부터."

"예……."

그렇게 외성벽에서 부상으로 인한 이탈자가 차곡차곡 생겨났다.

자연 유저들의 집중력이 분산을 일으키며 공격력이 떨어졌다. 그렇게 소모적인 공방이 벌어졌다.

영지민들이 공들여 만든 방어 진지 중 방어탑을 제외하곤 전부 적의 수중에 들어간 상태.

그럼에도 이메가 코볼트는 자리를 지키고 앉아 움직일 줄 몰랐고, 후위의 오우거 군단 역시 자신의 일이 아니라는 듯 한가하게 볕을 즐기며 들판 여기저기에 아무렇게나 드러누워 있었다.

내 마음은 조금씩 다급해졌다.

오우거 군단이 움직이지 않아서였다.

코볼트들로 인간들의 진을 모두 뺀 다음 등장할 심산이리라.

지치는 쪽은 당연히 유저들과 영지병들이었다.

이른 오전에 시작한 전투는 정오까지 지루하게 이어졌다.

나 역시 방송창을 열어놓고 지휘할 정도로 지휘엔 관성이 붙은 상태였다.

방송은 꾸준하게 오우거 군단의 동향을 조명하고 있는 중이었다.

오후부턴 방어탑을 중심으로 사상자가 급증하기 시작했다.

"제길⋯⋯."

서로에게 큰 피해를 주지도, 입히지도 못하는 공방이 지루하게 이어졌다.

시간이 지남에 따라 방어탑의 상황은 더욱 위태위태해져만 갔다. 적 한가운데 떨어진 섬이기에 지하 통로를 통해 부상병을 옮기는 것만으로도 버거운 지경이라 병력 지원에 한계가 존재했다.

병사들의 고함과 함성, 코볼트들의 독기 어린 기성으로 대기가 진동했다.

물량에 장사 없음이라, 마침내 방어탑 안으로 코볼트들이 돌입해 들어오기 시작했다.

병사들과 코볼트 간의 치열한 단병 접전이 벌어졌다.

바로 그 순간, 가신단과 용병단장들의 활약이 두드러졌다.

"차압! 투구 가르기ㅡ!!"

부욱ㅡ

케엑!!

"빌어먹을! 큰 기술을 쓸 수 없잖아. 퇴로를 확보할 때까지 버틴다. 부상병부터 퇴각하라!"

그랬다.

아군이 뒤엉켜 있어 스킬을 남발할 수 없고, 스킬을 발휘하면 쉬이 지친다. 자연 육체적인 힘과 정신력으로 버티는 수밖에 없게 되었다.

이는 육체와 육체가 부딪치는 고대의 전투와 다를 바 없는 유저들이 가장 기피하는 방식의 싸움.

바로 리얼 모드인 것이다!

그중에서도 큰곰이가 지휘하는 방어탑의 상황이 급박했다.

험악한 단병 접전이 펼쳐지고 있고 큰곰이는 머리 하나는 더 큰 덩치로 인해 내 눈에 선명하게 들어왔다.

그는 양손에 날이 넓은 도끼를 하나씩 자루 끝을 아슬하게 잡은 채로 포위된 상태였다. 포위되었음에도 큰곰이의 입가가 비릿하게 틀어져 올라갔다.

"으랏차! 광란의 회전 베기―!!"

그를 중심으로 현란한 색의 수많은 원이 그려졌다.

후위이잉― 슈각! 파슈슛!!

키에엑―!!

코볼트들의 신형이 단말마의 비명과 함께 피 안개를 만들어내며 두 동강 났다. 그러자 큰곰이를 중심으로 무려 반경 5미터 원형의 공백이 발생했다.

브라보─!

진심이다.

아무리 스킬이라 해도 하체의 힘이 받쳐주지 않으면 구사하기 힘든 범위 공격이기에. 나 역시 발에 땀 좀 흘려봐서 안다.

이 기술을 위해 큰곰이는 하루도 거르지 않고 몸을 만들었던 것이리라.

큰곰이의 얼굴이 해쓱하다.

이 한 장면으로 과연 개그 캐릭에서 탈피할 수 있을까?

글쎄, 판단은 너의 몫!

아무튼 그를 중심으로 생겨난 피의 공백은 금세 쌩쌩한 코볼트들로 메워졌다.

징한 것들.

큰곰이가 외쳤다.

"헉헉… 침, 침착하게 천천히 퇴각한다! 방패 밀집해서 앞으로! 출구를 확보하며 반보씩 물러난다!"

역부족이었다.

이제 남은 것은 지친 병력을 퇴각시키는 것뿐이었다.

방어탑 위에서 인간들의 모습이 사라지면서 방어탑은 하나둘씩 코볼트들에게 함락되어 갔다.

방어탑 중 제일 오래 버틴 탑이 큰곰이가 지휘한 탑임을 나는 단단히 기억해 놓았다.

                    *   *   *

약에 취한 코볼트들에 의해 낙오된 병사들은 탑 아래로 집어 던져졌고, 사체는 창끝에 꽂인 채 코볼트들의 유리를 비벼대는 기성에 따라 오르락내리락했다.

엽기적인 하드코어 효과가 곳곳에서 남발되었다.

유저들은 방어탑이 하나둘 함락되며 이 같은 끔찍한 광경이 펼쳐지자 안색이 딱딱하게 굳어졌다.

"…장난 아닌데?"

"강철거인은 언제 출격하는 거야?!"

"헤헤, 마법도 먹히지 않는데 있어봤자……."

즐~ 치려는 분위기다.

의외로 많은 유저들이 성벽 위에 올라와 있었다.

참가한 목적은 각양각색이겠지만 호기심과 단순한 여흥으로 생각하고 자리한 이들이 대다수였다. 이 가운데 부활지로 바미안으로 설정한 진성 바미안 유저가 과연 얼마나 될 것인가.

이들은 통제조차 따르지 않는다. 그저 제멋대로 이동하고 이탈했다.

하물며 십만이 넘는 쥐 떼에 포위되고 전투가 본격적으로 진행되자 장난이 아니었다.

허접 코볼트들이 필살의 마법까지 척척 방어하는데다 두

려움조차도 느끼지 않는다.

허접한 필드 몬스터가 뭉치니 군대의 위용이 넘친다.

코볼트 메이지와 샤먼이 뭉쳐서 고위 마법도 척척 방어한
다.

두려움에 후퇴하는 코볼트 따위는 있지도 않다.

과연 이것이 저렙도 거들떠보지 않던 그 허접한 코볼트란
말인가!

아무튼, 다들 한칼하는 능력을 자부했는데 화살 비 세례에
죽여도 죽여도 끝없이 몰려드는 적들에 그만 질려 버리고 만
것이다.

게다 지켜보니 백병전이 벌어지면 자신들이 가진 기량을
반의반도 발휘할 수 없다. 오로지 자신이 가진 신체적인 능력
이 생존을 좌우함을 알 수 있는 그림이다.

그렇다. 개싸움을 해야 하는 것이다.

상황이 그렇게 흘러가자 유저들의 분위기가 심상치 않았
다.

슬그머니 한발 뒤로 물러나며 삐죽삐죽 주변의 눈치를 살
피는 것이다.

'장난치나?!'

반면 나를 바라보는 NPC 병사들의 눈엔 비장함이 한가득.
살겠다는 의지와 결의가 느껴졌다.

바로 어디선가 본 듯한 눈빛.

저런 눈을 한 동료들이 이 년간 나를 지탱하고 살렸다.

내 가슴속 깊은 곳에서 뜨거운 덩어리가 움직였다.

'누가 저들을 단순한 인공지능이라 할 것인가.'

악동 기질이 발동했다.

나는 도시 인공지능, 바미에게 단호하게 명령했다.

"바미, 도시 간 이동 게이트를 폐쇄한다. 기간은 이틀! 예외는 없어. 나 역시."

"예, 이동 게이트를 봉쇄했습니다. 어느 누구도 이틀간 바미안을 벗어날 수 없습니다."

이제부터 어느 누구도 바미안을 떠날 수 없다.

나야말로 성이 함락되면 코볼트 코털 신세 아니던가.

영지민들과 바미도 전부 인공지능이지만 정이 들 대로 들었다.

사람보다 더 인간 같은 이슈타르 인들…….

두 달간 하루 평균 16시간 플레이를 했다. 지친 나의 기운을 북돋우며 나의 사소한 성공조차 그들은 진심으로 축하해 주었다. 그렇게 낯 뜨거운 영웅 놀이에 환호해 주었다.

저들은 나를 의지하고 있다. 아니, 내가 저들을 의지하고 있다는 게 맞을 것이다.

나를 간절히 필요로 하고 있다. 그들과 끝까지 함께하리라 믿고 있다.

그래서… 성과 함께할 작정이다.

각오를 다시 세웠다.

성이 무너지면 나와 눈을 맞추고 이야기를 나눈 그들이 사라진다. 간단히 리셋이라는 이름으로.

하나 내 쌓아온 감정은 결코 리셋될 수 없다.

리셋을 거부한다!

그게 인간의 마음 아닌가.

그렇다. 나는 인공지능인 그들에게 감정과 의리를 느끼고 있다. 부인할 수 없다.

'나는 마지막까지 이들과 함께할 것이다.'

이렇게 움직인 내 마음이 중요할 뿐.

가상의 삶에 절을 대로 절은 폐인으로 치부해도 상관없다.

다 착각이라 해도 좋다.

'인공이기에 순수한 마음… 그걸 지키고 싶다.'

사업이고, 기업이고… 머릿속에서 전부 지워 버렸다.

오직 마음을 나눈 이들과 살아남을 것이다. 반드시!

…단지 그뿐이었다.

아니나 다를까,

사나운 눈빛으로 지휘소를 바라보는 유저들이 늘어났다.

"게이트 봉쇄에 유저들의 항의가 빗발치고 있습니다. 유저들의 동요가 큽니다."

웅성웅성.

흠, 장난이 과했나?

아무튼 나를 못 믿는다, 이거지? 그렇다면… 입을 다물게 해주겠어.

유저들의 동요를 잠재우려면 강수가 필요했다.

"바미! 유저들에게 전달해 줘. 성이 무너지면 내 캐릭을 삭제한다고!"

"……!"

캐릭 삭제는 유저인만의 권능이자 특권인 부활을 포기함을 말한다.

"그리고 유산은 바미안을 부활지로 선택한 모든 유저들이 나눠 가지도록! 즉시 공지해ー!!"

"……."

바미의 응답이 한참 늦었다. 응? 여태 이런 일이 없었는데…….

"바미?"

"…싫어요. 영주님이 없어지면 싫어요!"

"……."

뒤통수를 세차게 얻어맞는 느낌이 이럴까.

…얘가 날 울리는구나.

성이 무너지면 제일 먼저 사라지는 건 바로 그녀 자신이잖은가. 그리고,

'내가 만들고 이름을 붙이고 키웠잖아…….'

모습 없는, 소리뿐인 바미를 생각하니 눈물이 핑 돌았다.

바미와의 대화는 하루 종일 해도 질리지 않는 유일한 순간이었다. 도시가 어떻게 성장했는지, 영지민들이 나를 어떻게 생각하고 있는지를 들을 때면 같이 기뻐하고 걱정을 나누었다.

모습 없는 다정한 비서!

영지의 발전과 더불어 바미도 성장했다. 마치 터울 큰 막내 여동생을 키우는 기분을 느끼게 해준 것이다.

"…걱정 마. 바미안은 지켜져! 너랑 지옥 같은 저녁 결산을 오늘도 해야지."

"약속하셨어요. 꼭, 사서야 돼요……."

바미는 내 안위만 걱정함이다.

"그래, 반드시 널 지키겠어!"

쫘랑—!

Lord

매서커의 약속.

'영지민이 죽어가고 있어… 아, 이렇게 지워지는구나……. 무서워! 지워지는 건 싫어. 나는 어떻게 되는 거지?! 과연 나는 살 수 있을까?!'

전쟁의 함성과 포화에 바미는 극도로 불안한 상태입니다.

도시 의식과 연결된 영지병의 죽음은 그녀를 극도로 예민하게 만들었습니다.

'영주님이 지워진다고?! 불사의 유저인임을 부정하다니… 아냐! 영주님이 사라지는 건 싫어—!!'

그녀는 당신의 죽음을 상상할 수조차 없습니다.

'너를 반드시 지키겠어!'

매서커가 도시 인공지능 바미와 약속을 했습니다. 이에 바미는 냉정을 되찾았습니다. 당신의 약속이 인공지능의 각성을 불러일으켰습니다. 각성의 정도가 예사롭지 않습니다.

…바미의 영향력이 급속도로 팽창합니다!

바미의 영향력이 오늘 하루 외성벽까지 미칩니다.

당신은… 바미와의 약속을 꼭 지키십시오!

인공지능과의 약속도 약속이다.

약속은 마음과 마음 간의 연결!

그 연결을 당연히 지킬 것이다. 지켜낼 테다!

"…유저들에게 영주님의 결의를 모두 전달했습니다."

바미의 목소리가 차분해졌다.

그 속엔 약간 수줍어하는 면도 담겨 있었다. 아이가 어느새 소녀가 된 듯한 기분이 들었다.

그 덕에 나도 차분해질 수 있었다.

이어,

Lord

매서커의 결의.

'성이 없으면 나도 없고, 내가 없으면 성도 없다!'

게이트 봉쇄에 동요하고 항의하는 유저들에게 영주님의 결의가 전달되었습니다.

'이것은… 결사의 의지! 그렇군.'

모두 고개를 끄덕이며 당신이 품은 결사의 의지를 존중합니다. 당신이 소유한 유산이 얼마나 거대한지 알고 있으니까요.

아무나 할 수 없는 결단입니다.

물러섰던 유저들이 부끄러워하며 다시금 자리를 지킵니다.

많은 유저들이 부활지를 바미안으로 재조정했습니다. 그 수는 835명입니다. 상인 유저와 장인 유저들이 의용 수비대에 합류하기 시작했습니다. 그 수는 245명입니다.

이들은 방어전에 진지하게 임할 태세입니다.

성벽 위의 분위기가 일변했다.

…설마, 내 최후를 확인하고 싶어서인 건 아니겠지?

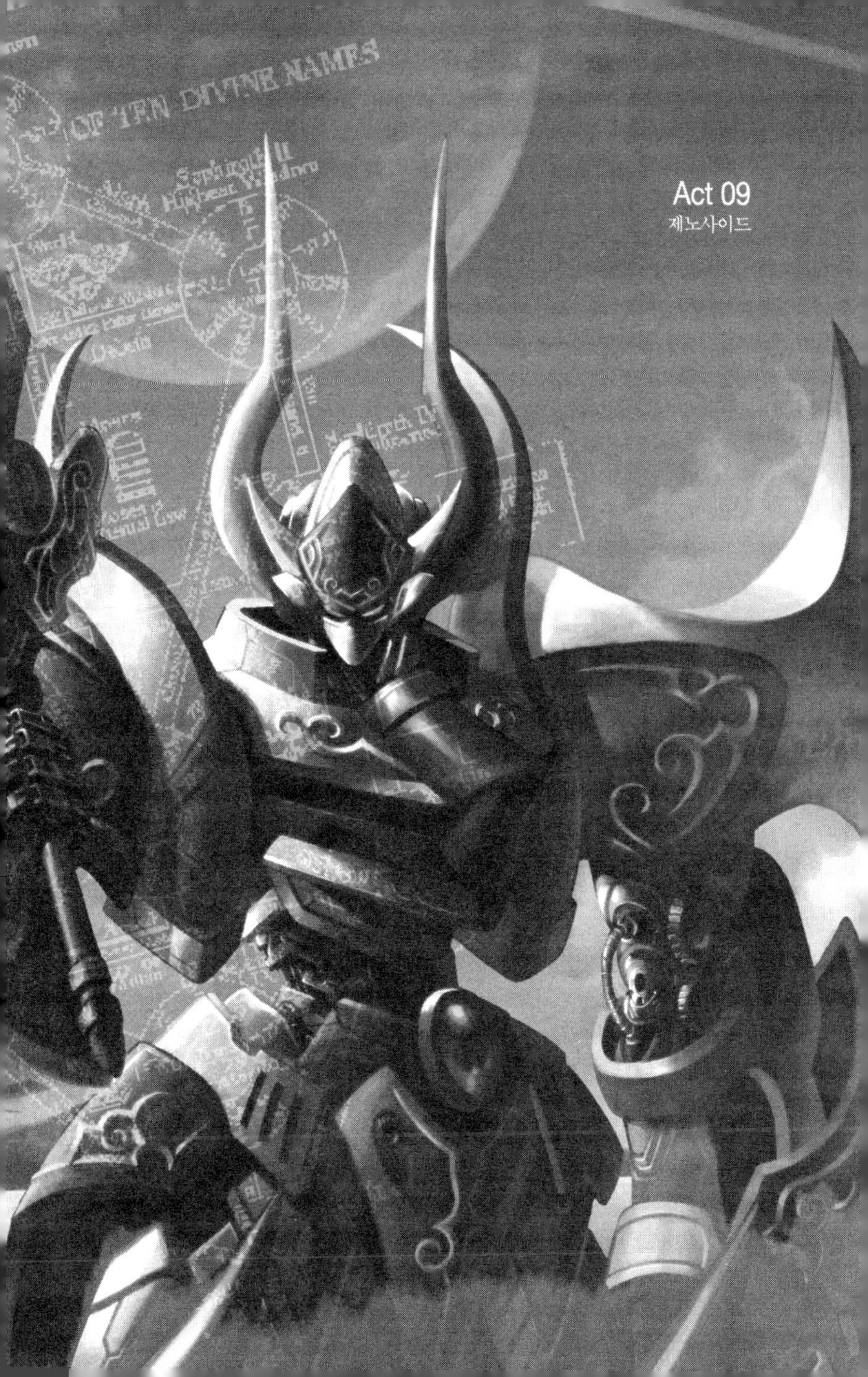

Act 09
제노사이드

機甲戰記
Massacre
기갑전기 매서커

"헉헉, 방어탑과 연결된 통로로 코볼트들이 몰려들고 있어. 족히 통로당 3백 마리는 붙들어놓았을걸."

큰곰이었다. 그의 온몸에서는 연기가 무럭무럭 일고 있었다.

"수고했습니다. 다음 작전으로 넘어가겠습니다. 대역을 준비하겠습니다."

"직접 나가게? 기대되는걸. 그리고 도대체 뭘 준비한 거야? 텔레포트 함정은 최고였지만."

"바로 보여드리죠. 게으른 강물 작전입니다."

"게으른 강물?"

성 아래의 상황은 좋지 않았다. 코볼트들이 해자를 메우기 위해 돌 더미며 코볼트 사체 등 가리지 않고 해자에 마구마구 집어 던지고 있다.

우르르르.

텀벙!!

코볼트들은 어디서 구해왔는지 문짝을 세워 성에서 날리는 화살 요격을 막았다. 코볼트 솔져들이 문짝 뒤에서 성을 향해 화살을 날리며 해자를 메우는 코볼트 일꾼들을 엄호했고, 코볼트 메이지와 샤먼들이 수백 마리씩 뭉쳐서 인간들이 발하는 강력한 마법을 교란시켰다.

그리고 방어탑을 점령한 코볼트들이 기세 좋게 화살을 외성을 향해 위협적으로 날리기 시작했다. 한 사람, 한 사람을 정확히 겨냥해서.

코볼트들의 기세가 올랐다.

찍. 찍, 키이이잇. 찍. 찍. 찍, 키이이잇!

선명하게 들리는 쥐 울음엔 어느새 공포는 사라지고 없었고, 교활하고 비열한 웃음이 가득했다.

해자를 메우는 것은 일 길하기고 오문인 고볼트 체군꾼들이었다. 해자를 메우면서 어깨춤을 추며 박자에 맞추어 흙더미를 짊어 날랐다.

웃샤— 웃샤— 키잇키잇— 웃샤— 웃샤— 키잇키잇—!

화살을 날리는 것은 코볼트 솔져, 간간이 섞여 있는 것이 코볼트 나이트와 워리어였다.

'뭉치면 힘이 됩니다!' 라는 선전 문구를 입증하려는지 잘 맞물려 돌아가는 톱니바퀴처럼 움직였다.

그렇게 인공지능이 보여줄 수 있는 조직력이 부활했다.

해자가 메워지면 성벽을 기어오르는 것은 코볼트 종족 특유의 날카로운 발톱을 이용하면 장난에 불과하다.

지금은 인간들의 힘을 비축할 때.

준비한 함정으로 적의 힘을 빼놓아야 한다. 아직 움직이지 않고 있는 오우거 군단도 남아 있잖은가.

"마력 연결 2번, 마력선 체인지! 마나 엔진 스타트!!"

나의 명령이 긴 여운을 타고 강철거인을 제어하는 메이지들에게 전해졌다.

후우우우웅, 키이이이이잉!!

웅장한 엔진음이 울리며 쇠 울음이 허공에 퍼졌다.

키익!!

얼마나 놀랐으면 코볼트 무리의 동작이 일시에 멈추었다.

왜 아니 그럴까. 웅대한 금속 마찰음이 터질 때마다 수백 마리나 되는 동료들이 죽어나갔잖은가.

키웃?

그런데 이번에 어떤 일도 일어나지 않았다.

기느다린 쇠 울음만이 외성 안에서 꾸준하게 울리고 있다.

코볼트 측에선 무언가 잘못되고 있다는 불안감으로 연신 두리번거렸다.

그렇게 기대하신다면야, 기대에 부응해야겠지.

"매스 프레셔—!!"

파스슷스— 츄화악—!!

키엣?!

방어탑 기단의 엉성한 돌 틈 사이로 세찬 물줄기가 뿜어져 나왔다.

소방 고압 호수로 뿜는 것과 같은 세찬 물줄기가 방어탑 주변에 포진한 코볼트들을 강타했다.

수십 마리가 뿜어진 물줄기에 덱데굴 굴러 튕겨 나갔다.

인위적으로 마법적으로 가공된 거대한 수압이 탈출구를 찾아 한곳으로 몰렸다.

콰콰콰콰—

해자 곳곳에 와류가 만들어지며 가득 고인 물이 빨려 나갔다.

방어탑과 해자를 연결한 지하 연결 통로가 무너지며 해자를 가득 메운 물이 지하 통로를 통해 방어탑으로 역류한 것이다.

게다 이 통로엔 수장당한 코볼트들로 한가득이니 자연스러운 병목 구간이 생겨 뿜어지는 물줄기는 더욱 세찰 수밖에 없었다.

물줄기의 세기는 철판을 뚫을 정도로 강렬했다.

그렇다. 마법을 이용한 트릭이기에.

해자의 물이 모두 빠질 때까지 방어탑의 빈틈으로 세찬 물줄기가 뿜어져 나올 것이다.

이는 방어탑을 무너뜨려도 소용없다.

그로 인해 빙어탑 주변은 순식간에 엉망이 되었고, 거침없는 물줄기는 거미줄처럼 연결된 참호로 속으로 스며들었다.

참호로 안은 이미 코볼트들로 가득 매워져 있다. 금세 발목까지 물이 차올랐다.

참호가 물이 가득 잠겨도 수장될 염려는 없다. 나오면 그만이니까.

아무튼 들인 공과 마력에 비하면 코볼트들의 피해는 적은 편이다.

하나 그 이후가 문제.

방어 진지 끝에서 얕은 물이 삐져나오는 게 보였다.

이미 코볼트 군단의 1/3이 참호로를 안전한 이동 통로로 이용하고 있었다.

이른 감이 있지만 코볼트들이 참호를 벗어나기 전에 타격을 입혀야 했다.

"마나 엔진 풀 파워! 마력 전이 최대—!!"

후아아아아앙— 우르르릉, 쿵쾅—!!

거대한 수압을 못 이기고 방어탑의 기딘부 암반이 튕겨 나가며 탑이 기우뚱 무너졌다.

물이 콸콸 쏟아져 흘러내렸다.

참호로에 고인 물은 코볼트들의 무릎 높이까지 차올랐다.

그럼에도 코볼트들은 참호를 벗어날 생각은 없는 듯했다.

방어 진지 끝으로 꾸준히 물이 빠져나가고 있으므로 버티고 보는 것이다.

이는 나 역시 원하는 바!

"마력 연결 3번, 마력선 체인지!"

강철거인과 연결된 굵은 마력선이 뽑혀 나가고 새로운 마력선으로 연결되었다.

마력선 교체가 완료되었다는 수신호가 보였다.

"메가 일렉트릭 커런트!!"

파팟— 치치치치치치치칙—!

마력선을 따라 연결된 마법진을 향해 거대한 순수 마력이 흘러갔다. 흘러간 마력은 마법진을 통해 인간의 전유물인 전기에너지로 전이되었다.

그으으으으으웅—

구체의 새하얀 전류 덩어리가 마법진 위에 생겨났다. 그리고 그 크기를 무럭무럭 키워 나갔다. 표면을 타고 새파란 스파크가 일었다 스며들었다를 반복했다.

그 크기가 외성 어디에서나 보일 정도가 되었다.

갑자기 만들어진 거대한 마력체에 유저들은 공포의 시선

으로 이를 지켜보았다. 만약 터지기라도 하면 주변이 흔적도 없이 사라질 것임을 누구라도 알 정도로 파괴적 에너지가 넘실거렸기에.

'이걸 한국전력에 팔수만 있다면… 돈독 오른 게 중증이지 싶군.'

망상도 잠시.

기이이이잉—!

마력을 공급하던 마나 엔진이 숨을 죽였다. 모든 마력을 소진한 것이다.

이렇게 초자연력의 전기에너지화가 완성되었다.

"마법진 해체—!"

파슷—

전력구를 키워낸 마법진의 모서리에서부터 검은 연기가 피어올랐다. 이에 백색의 전력구가 요동쳤다.

어디로 튀어버릴지 모르겠다는 듯이 부르르 진동했다.

"가라앉아라!"

완성된 백색의 구는 땅 아래로 잠기듯이 스며들었다.

츠스스스스스스스슷—!

파괴된 마법진과 외성 밖 참호선 끝과는 교묘하게 연결되어있었고, 이 응집된 전기에너지는 외성 밖으로 고스란히 흘러나갔다.

그리고 외성을 벗어나자마자 물이라는 매개제를 통해 참

호로에 무임승차했다.

백색 구체 속에 도사린 스파이크 스네이크들이 풀려 나왔다.

콰과과과과과—!

거미줄같이 연결된 참호로다. 아니, 이젠 얕은 수로로 변했다. 새파란 뱀이 스파크를 뿌리며 참호로를 유린했으니… 방사형으로 뻗은 참호선을 따라 새하얀 전격의 동심원이 파문을 그리며 퍼져 나갔다.

짜자작짝— 끼아아아아아아아아아앗!

타닷타닷— 케에에에에에에에엣!!

퍼펑퍼펑—!!

거북한 폭음이 참호선을 따라 터져 나왔다.

코볼트들의 몸이 터져 나가는 소리였다.

그 수는…….

전 E&T를 통해 단일 마법으로 최대 살상이 일어났습니다. 집계조차… 겁이 납니다.

집계할 필요없다. 답이 나왔다.

레벨업을 하였습니다.

레벨업을 하였습니다.

무려 이 한 번의 함정 발동으로 매서커가 3레벨이나 올랐다.

말이 1만 마리지, 어느 세월에 잡고 있는단 말인가.

단순 계산식으로 홀로 레벨업을 하려면 코볼트 1만 마리를 잡아야 되는 게 매서커 캐릭이다.

게다 함정은 공동 창작물!

방어 진지를 구축하는 데 도움을 준 가신단과 다른 지오 캐릭들과 경험치를 나눈다고 생각하면 최소 2만 마리를 죽여야 1레벨을 할까 말까.

물론 비용과 아이템을 부담한 나의 공헌도가 높겠지만.

거대한 낫을 든 사신의 그림이 생겨났다 사라졌다.

스쿵─

Quest

제노사이드(Genocide), 종족 말살 위기… 재앙의 날.

'키릿, 우리 씨를 말리는구나.'

'이렇게 다 죽으면 누가 새끼들에게 썩은 고기 맛을 알려줄 수 있을까?!'

오늘 코볼트 종족에게 커다란 재앙이 찾아왔습니다. 코볼트 일족으로선 무려 5년이 걸려야 육성할 수 있는 전력을 일거에 잃고 말았습니다. 코볼트들은 싸울 의지보다 종족의 안위를 생각하고 있습니다. 싸울 의지가 바닥입니다. 아니, 싸울 의사가 없습니다.

코볼트들의 공격력과 방어력이 8% 하락했습니다.

그랬다.

참호 밖에 있어 살아남은 코볼트들이 슬금슬금 뒤로 물러나기 시작했다.

몬스터에 탑재된 인공지능에도 근원적인 명령이 있다.

약탈, 살육, 파괴… 그 무엇보다 우선인 것이 있었으니, 종족의 보존과 생존.

해자는 점점 얕아지고 참호를 따라 물은 계속해서 흘러나갔다.

아직 십만에 달하는 병력이 남았지만 더 이상 무엇을 도모할 엄두를 내지 못했다. 또 어떤 황당한 마법이 튀어 나올지 어찌 알 것인가.

이 모든 사태를 일으킨 마법진이 부하를 견디지 못하고 검은 연기를 피워 올리며 불길에 휩싸였다.

타닥, 탁탁!

그만한 파괴적인 전기에너지를 만들어냈으니 당연한 결과

였다.

코볼트 군단의 지휘소는 앞으로 이동해 방어 진지 입구까지 이동해 있었다.

한데 지휘소 안의 이메가 코볼트는 춤을 추고 있었다. 주변의 참모 코볼트들과 함께.

파지직, 팟팟. 으쓱으쓱.

코볼트들이 수염을 빳빳하게 세우고 연신 어깨를 들썩이는 것이다.

무엇이 경사스러워서?

그건 아니었다.

땅 밑으로 방전된 잔여 전기가 꼬리를 타고 들어간 여파였다.

부르릇부르릇, 움직였다 멈췄다를 반복하는 우스꽝스러운 그림이 한동안 이어졌다.

쇼크 댄스라 불러야 하나.

부르르르—

이메가 코볼트는 물에 젖은 개처럼 머리를 흔들더니 입을 살짝 벌린 채 손가락을 꼽고 있었다.

남은 병력을 만 단위로 꼽는 것일까?

꼽은 손가락을 보는 눈이 허망했다.

간담이 서늘한 정도를 넘어서 내려앉는 수준이리라.

이메기 코볼트는 원망에 찬 눈으로 내가 있는 지휘소 쪽을

째려보았다.

다 보고 있습니다.

"지금이 기회야! 나가 잡자."

"그래요, 뻥 뚫렸습니다."

지휘소에 모여든 가신단과 유저 출신 용병대장들이 기대 가득한 눈으로 나를 바라보았다.

나는 손을 들어 거부 의사를 밝혔다.

로드 중 한 마리만 잡아도 영지는 Part 2로 이전할 수 있다.

저 정도 거리라면 한번 도모할 만하다. 그렇지만… 관두었다.

솔직히 쉽게 가고 싶다.

그러나 이메가 코볼트로 만족할 내가 아니다.

그렇다!

라스트 보스는 라스트 보스다워야 한다.

저 멀리 포진한 오우거 군단이 이제야 무거운 배를 털고 일어나 앉고 있지 않은가.

이제야 상대를 인정하고자 함인가.

내 상대는 바로 저기 있었다.

그는 내가 꼭 겨루어보고 싶은 상대였다!

Act 10
오우거 로드

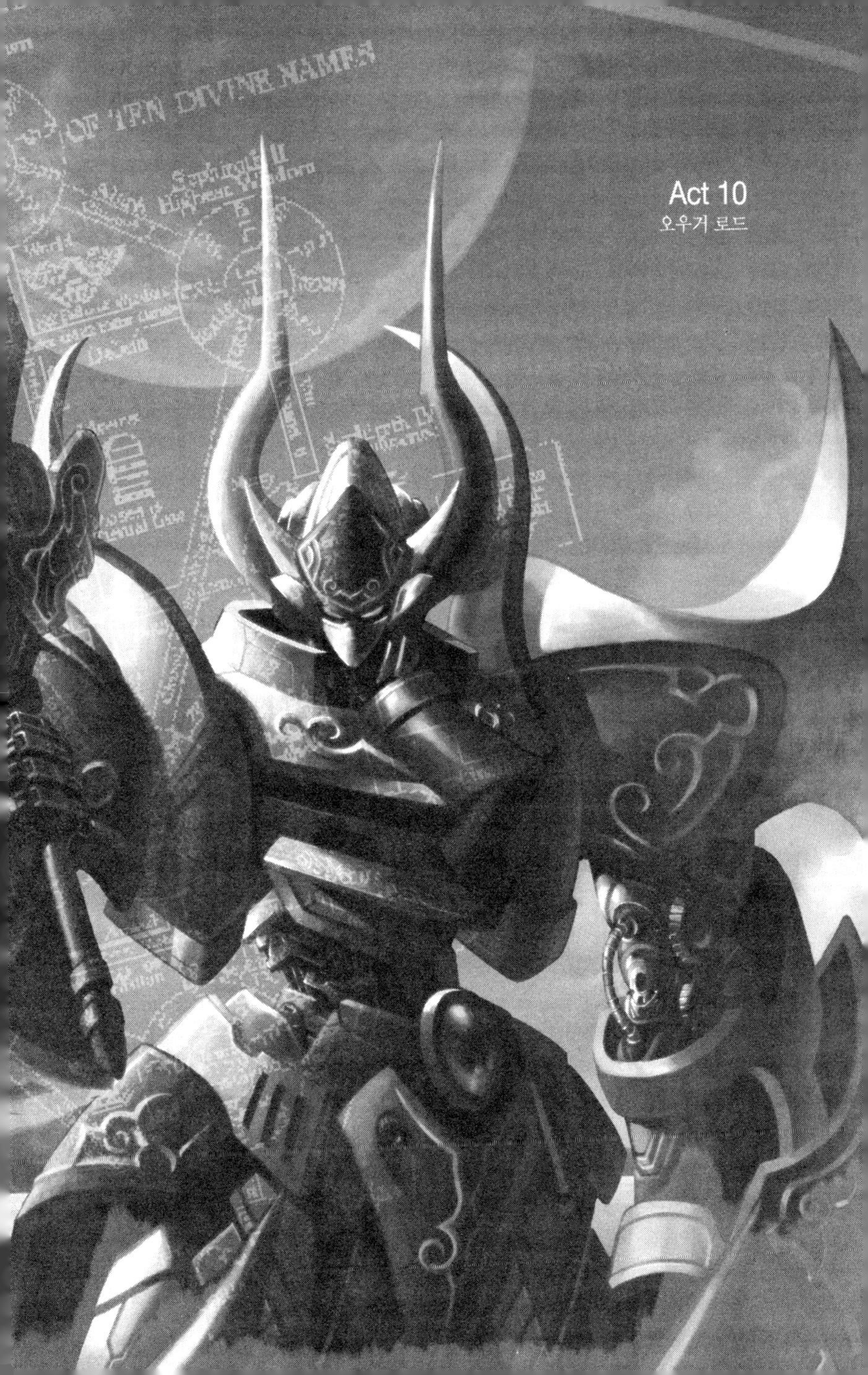

機甲戰記
Massacre
기갑전기 매서커

쿵쾅, 쿵쾅! 쿠르르르르.

대지가 진동하며 성벽이 흔들려 왔다.

수십만 코볼트 군단이 동시에 다리를 굴려도 꿈쩍 않던 바미안 성벽이 말이다.

그렇게 어깨와 어깨가 연결된 검은 장벽이 다가왔다.

이런 장관을 연출하려고 시간을 끌었던 것인가.

하나 그건 아니었다.

몬스터 군단의 침공 이벤트를 한국 E&T는 돈벌이 수단으로 이용하는 중이다. 뭐, 공짜 게임이니까 이용할 수 있는 건 뭐든지 이용하고 팔 수 있으니 그들을 탓할 게 없다.

그 가운데 동영상 판매는 재미가 솔솔한 부가 수익이다.

무엇보다 동영상 판매는 이슈화가 중요하다.

각 몬스터 군단의 로드들은 인공지능이 아니며, 그렇다고 로드 자리를 운영자가 맡기엔 별 의미가 없다.

상품성이 떨어지니까.

당연히 이메가 코볼트 따위는 이슈가 될 수 없을뿐더러 상품의 질만 떨어뜨린다.

그래서 누구나 인정하고 얼굴이 알려진 공인들 중에서 몬스터 로드들을 발탁했다.

동영상 판매의 이슈화를 위한 자연스러운 스타 영입이 이루어졌다.

이 점에는 유저들도 별 불만 없었다.

유명인을 상대로 플레이를 하는 것도 하나의 즐거움이니까.

그러나 지오에게는 그중 오우거 군단의 로드인 오우거 로드로 발탁된 인물이 문제였다.

그는… 세계 이종격투기계의 블루칩, '다니엘 정'이었다.

아, 지금은 B급 액션 배우시던가.

아무튼 월드 클래스 스타이시다.

그는 2미터에 달하는 탄탄한 근육질의 프로 격투기 선수 출신으로, 그의 스타가 되기까지의 스토리는 특별났다.

다니엘 정. 한국에서 나고 자랐지만 튀는 외모로 언제나 이

방인일 수밖에 없는 한국인이었다.

민대머리에 녹색 눈의 황인종이 다니엘 정이다.

그의 증조모는 필리핀인, 조모는 백계 러시아인이었고, 외증조모는 라틴계 혼혈 일본인, 외조모 역시 러시아계 혼혈 몽골인이었다.

이러한 그의 출신은 다니엘 정을 이종격투기 리그에서는 최고의 비쥬얼과 신체 스펙이 나오는 외모를 만들어주었지만, 그 자신이 자라면서 겪은 외모 콤플렉스는 상당할 수밖에 없었다.

나는 그의 팬이라서 그의 프로필을 꿰고 있었다.

여하튼 대한민국에서 '혼혈은 하층민의 선택' 이라는 한창 삐뚤어진 우월의식이 판을 치던 시기와 맞물려 그의 콤플렉스를 더욱 부채질했다.

그는 격투계의 정상에 우뚝 섰어도 가슴 깊은 곳에 이 응어리를 안고 있었음인가.

대한민국 사회에 대한 증오를 일본에서 열린 챔피언 결정전에서 표출하였다.

대한민국을 패닉 상태에 빠뜨린 그 사건. 그는 태극기뿐만 아니라 자신에게 피를 나누어 준 5개국의 국기를 동시에 내걸었다. 그리고 5개 국가가 차례대로 연주하게 했고, 유독 애국가가 흘러나올 때 태극기를 향해 중지를 세우는 것으로 그를 응원하는 한국 팬들을 기함하게 만들었다.

뒤에 흥행을 위해 '대아시아인'이라는 캐릭터 연출 겸 프로모터의 주문에 의한 것으로 해명은 되었지만, 문제는 그가 이 연출을 거부감없이 받아들였다는 것이었다.

전 국민이 그의 팬이었기에 커다란 모욕감을 안겨준 대사건이 아닐 수 없었다.

이 사건 이후 다니엘 정은 전격적으로 미국 국적을 취득해 대한민국의 귀족, 미국계 이중국적자가 되었다. 정치적 보복이 우려된다며 미국은 이례적으로 다니엘 정의 미국 국적 취득을 신속하게 처리했다.

전 세계인이 보는 가운데 국가 모독 사건을 벌였으니 자칭 인권국인 미국이 나서는 것은 당연해 보였다. 하지만 이도 국제적인 프로모터들이 오래전부터 준비했기에 가능한 조치라는 게 정설이었다.

이후 대한민국을 보기 좋게 탈출한 그의 이야기는 일종의 인간 승리로 포장되어 전 세계로 퍼져 나갔으니… 영화화가 되는 것은 당연한 일이었다.

그렇게 자신의 캐릭터를 세계적으로 만든 다음 택한 것은 이종격투기 리그에서의 전격적인 은퇴. 곧이어 액션 배우로서의 화려한 데뷔… 그의 캐릭터와 성공담은 아프리카, 남미 등 제3세계에게까지 잘 팔려 나갔다.

결과적으로 그가 승승장구할수록 한국의 이미지는 철저하게 뭉개지고 짓이겨졌다는 것이다.

그렇게 다니엘 정은 한국인이 최고로 싫어하지만 전 세계인이 제일 사랑하고 보호해야 하는 스타로 자리매김하게 되었다.

앞에도 밝혔듯이 나도 그의 팬이었다.

일주일에 5번이나 그가 치르는 경기의 하이라이트를 반복해서 볼 정도로……

다니엘 정이 이종격투기 리그에서 이름을 날릴 때, 나는 이름도 낯선 오지에서 그의 경기를 손꼽아 기다리는 것이 유일한 낙인 민간 군사업체의 일개 사원이었다.

그가 경기 중 선보인 기술을 동료들과 재현하며 몸을 단련했기에 이종격투기 선수로서의 그의 천재성을 누구보다도 깊이 이해하고 있었다.

3미터를 날아 격하는 그의 '플라잉 니킥'은 예술, 그 자체!

그렇다. 우상이라면 우상이다.

그런 그가 가상의 공간에 등장했다. 그것도 한국 E&T에서 바미안 성을 폐허로 만들기 위해.

오우거 로드로서!

그에겐 일종의 유희이리라.

은근한 스포일러로 자연스럽게 선전의 폭풍이 불었고, 그가 참여한 전투 동영상은 주간 베스트 다운로드를 전부 점령하다시피 했다.

몬스터의 눈으로 유저들을 학살하는 그런 그림을 유저들

이 돈을 내고 사다니… 역시 월드 스타는 월드 스타였다.

참고로 비교하자면, 나의 오우거 사냥 동영상은 유료 다운로드 1만 2천 회 정도로, 100위권에 살짝 걸친 상태였다. 이도 대부분이 Part 2로 이행한 해외 E&T 골렘 오너들을 통해 올린 수치였다.

그들의 다운로드 목적이야 당연히 강철거인의 유려한 기동 스킬을 염탐하기 위해서였다. 다운 횟수당 30원이 내 몫으로 적립되니까 소소한 부수입이라 할 수 있다.

나도 은근히 해외파라고 할까.

하지만 국내에서는 여전히 운만 좋은 듣보잡 취급.

반면 다니엘 정은 다운 회당 200원을 받는 것으로 알려졌다.

스타의 몸값이란 그런 것이다.

그는 현재 생중계 동영상 판매 예약을 30만 회나 받아놓은 상태로, 이도 해외 판매는 집계조차 되지 않은 수치였다.

기본 6천만 원은 먹고 시작한다!

그저 이름만 걸었을 뿐인데…….

스타성이 바로 돈으로 직결됨이 가상 공간에서도 여실히 증명됨이다.

아, 부럽다.

한데 그가 거느린 오우거 군단의 행보는 바미안에 도착하고부터는 지지부진해졌다. 정찰대만 소소하게 운용하며 오우거 로드의 모습은 볼 수 없었다.

그 덕에 나는 오우거 사냥에 매진할 수 있었지만 이유가 빤한 지지부진함이었다.

그가 한마디로 스타여서.

쇼 비즈니스계의 총아로서 오죽 공사다망하신가.

보자는 사람, 찾는 사람이 얼마나 많을까. 게다 간만에 한국에 왔으니 매스컴도 어떤 이슈가 터질지 몰라 그를 이중, 삼중으로 포위한 채 주시하고 있다.

그렇게 그는 한국에서의 여러 일정을 소화해야 했고, 자투리 일정으로 소화하는 게 한국 E&T의 이벤트 참여였다.

그는 이벤트 참여로 얻은 수익 전부를 학대받고 소외당한 한국 혼혈 아동을 위한 재단에 기부하시겠다고 한다.

그 덕에 그가 거느린 몬스터 군단을 격퇴하면 나만 나쁜 놈이 되는 것이다.

한때 우상이든 외계인에게 기부를 하든 말든.

나쁜 놈 되기가 왜 이렇게 쉬운 거야—?!

크워어어어어어어어어어어어어—!!

흐느적거리는 코볼트 군단 후위에서 웅혼한 창성이 터져 나왔다.

창성이 토해진 진원지에서부터 황녹색의 투명한 파장이 퍼져 나와 물러나는 코볼트 군단을 덮쳤다.

코볼트들이 흠칫하며 먹먹히 섰다.

전장의 시간이 일시에 정지한 느낌이 이럴까.

바미안에 있는 모든 생명을 죽이겠다니… 과연 오우거 로드다운 배포가 느껴지는 피어였다.

'다니엘 정의… 숙성된 분노라 해야 하나. 거참, 한국에서 끝까지 악역을 하시겠다?! 좋아, 나야 바라던 바지.'

상념, 아니, 팬으로서의 안타까움을 털어내야 했다.

정지한 코볼트 무리 속으로 오우거와 트롤들로 이루어진 거인 군단이 거칠게 들이닥쳤다.

크와아아앙─!

부우우우웅─

퍽퍽퍽─!

키에─!!

트롤들과 오우거들이 쇠몽둥이로 거치적거리는 코볼트들을 빗자루 쓸듯이 쓸어댔다. 몽둥이에 가격당한 코볼트들이 플라이 볼 수준이 되어 공중을 날았다.

단지 눈앞에 있다는 이유만으로 그러한 것이 아니었다.

오우거와 트롤들은 몽둥이질과 동시에 특유의 피어를 코볼트 무리를 향해 뿜었다.

전장은 이들이 토해내는 거친 포효로 뒤죽박죽이 되었다.

코볼트들이 그제야 퍼뜩 정신을 차리곤 바미안을 향해 내달리기 시작했다.

영악한 붉은 눈들은 뭔가에 홀린 듯 깊게 잠식된 상태였다.

그렇게 코볼트들은 무조건 앞만 보며 성을 향해 달렸다.

이는 코볼트들을 끝까지 소모품으로 쓰겠다는 심산!

나는 급하게 명령했다.

"성벽을 사수하라—!! 발리스타 장전! 참모들을 각자 수비 위치로—!"

이것이 내가 지휘소에서 내린 마지막 명령이었다.

아니, 꼭 그렇진 않군. 멘탈 지오 캐릭과 교체했을 뿐이니.

코볼트끼리 뒤죽박죽이 되어 바닥을 드러내기 시작한 해자에 몸을 던져 댔다. 질퍽한 진창을 건너 성벽에 매달렸다.

화살이 빗발치고 마법이 폭사되어도 무조건 매달리고 보았다. 무기도 버리고 오로지 날카로운 발톱과 손톱을 이용해 기어오르기 시작했다.

해자는 죽은 코볼트들로 이미 바닥이 보이지 않았다.

코볼트들의 비명이 공중에 메아리쳤고, 오우거들의 포효

가 끊임없이 울렸다.

오우거들은 마치 유격훈련장 조교처럼 코볼트들을 내몰 뿐, 성벽 가까이론 다가오지 않았다. 교묘하게 마법 사정권 밖에서 쇠몽둥이를 흔들며 코볼트들을 감시할 따름이었다.

간간이 트롤들이 코볼트 무리에 끼어 성벽을 기어오르려다 수십 종의 단타 마법에 적중당해 산산조각 났다.

오우거들은 성을 지키는 마법병단과 정령사단과 같은 정신 계열 인간들의 힘이 소진되기를 기다리는 것이리라.

이미 지칠 대로 지친 유저들이다. 힘을 비축하고 은밀하게 대기하고 있는 전력도 물론 있지만 아직 드러낼 때가 아니었다.

가상 게임의 피로는 처음 접속 후 40분, 그리고 3시간 후에 극명하게 나타난다. 이는 동화율이 높은 나에게도 정도의 차이는 있겠지만 똑같이 적용된다.

특히 이런 넓은 전장에서 여러 캐릭을 돌리는 멀티 유저인 나로서는 그 피로도가 상상을 불허한다.

그래서 길드전 시 대다수 멀티 유저들은 자신의 메인 캐릭 하나만 참가시킨다. 아니면 그 반대든가.

아무튼 적들은 성벽에서 날아오는 마법체와 정령체의 숫자를 파악했음인지 트롤들이 본격적으로 가세하기 시작했다.

그 수는 8백 마리나 되었다.

트워워워워워워―!!

마법체와 정령체가 트롤들을 향해 집중되었다.

집중력이 떨어짐이 여실히 드러났다. 트롤들은 자신들을 향해 날아오는 마법체와 정령체를 두 주먹을 휘둘러 깨뜨렸다.

파핫―!! 파스슷―

브놀의 손에는 에너지 막을 피워내는 장갑이 끼워져 있었다.

간간이 정신 마법에 노출되어 돌격을 멈춘 트롤들이 만신창이가 되었지만 대다수의 트롤들은 외성벽에 도착하는 데 성공했다.

물 빠진 해자 바닥에서 성벽까지의 높이는 무려 18미터.

그동안 바미안 성이 성장한 결과였다.

해자는 깊어지고 성벽은 높아졌다.

트롤들이 아무리 도약력이 뛰어나도 함부로 넘을 수 없는 높이. 트롤들은 성벽에 붙자마자 주변에 널린 코볼트들을 두 손으로 잡고 제자리 공 받기 식으로 던져 올렸다.

히헥―!

코볼트들은 얼떨결에 성벽 위에 떨어졌다. 제대로 착지할 리가 없지만 특유의 동물적 감각으로 착지 순간에 몸을 굴렸다.

"뭐, 이런?!"

"죽어!!"

떨어져 내린 코볼트들 향해 병사들이 창과 검을 밀어 넣었다.

푸욱, 쿠적—!

케엑!!

곧 성 위는 떨어진 코볼트들과 이를 격퇴하려는 병사들이 엉키며 엉망이 되었다. 방어탑에서와 같은 치열한 단병 접전이 벌어진 것이다.

코볼트들이 성벽 위로 계속 넘겨졌고, 기어 올라온 코볼트들이 곧 이 대열에 가세했다.

"…후퇴하라!! 모두 내성으로!!"

나는 더 버틸 수 있음에도 후퇴를 결행했다.

전력을 유지하기 위해서였다.

쟁쟁쟁쟁—!!

나는 지휘소에서 퇴각 신호로 징을 울렸다.

기력 넘치는 유저들이 고개를 갸웃했지만 병사들의 인도를 따라 외성 위에서 내려갔다.

내심 안도하는 모습이 지킬 면적이 많은 외성보다야 오밀조밀한 내성이 수비하기엔 적당함을 아는 것이다.

"이쪽으로… 하수도를 따라 내성으로 이어져 있습니다."

"천천히 가십시오. 충분히 퇴각할 시간이 있습니다."

"도착하거든 해골 기사들의 지시에 따라 배치에 임해주십시오."

외성 위는 어이없이 비워졌으니 누가 보더라도 오우거 군단에 압도된 그림이리라.

이 역시 내가 바라는 그림이기도 했다.

코볼트들은 퇴각하는 인간들을 추격해 왔지만 뭉친 인간들을 어찌하진 못했다.

오히려 어이없는 퇴각 명령에 골이 난 유저들이 날린 마법에 난도질당했다.

나는 지휘소에서 제일 마지막으로 내려왔다.

그리고 그제야 다가오는 황녹색의 거대한 오우거를 눈에 담았다.

그도 나를 잠시 바라보다 하늘을 향해 손을 흔들었다.

마치 링에 오르는 챔피언같이 지금 자신의 모습이 중계되는 쪽을 의식한 행동이다.

상대 따윈 안중에도 없음이 고스란히 느껴졌다.

'어서 오시오. 당신을 초대하기가 여간 어려운 게 아니군요.'

＊　　　　＊　　　　＊

다니엘 정이 분한 오우거 로드의 차림은 의외로 단출했다.

맨 손가락이 드러나는 글러브를 연상시키는 금속 장갑, 그리고 복부를 가리는 커다란 황녹색 챔피언 벨트.

이게 다였다.

하나 아머드 오우거들의 호위가 더해져 오우거 로드다운 당당함이 넘쳤다.

외양이 훤칠한 것이, 익숙한 배불뚝이 오우거가 아니다. 가히 꽃미남 오우거라 할 수 있었다.

그의 팬이라면 이 모습이 데니스 강의 격투기 선수 시절의 모습과 흡사함을 알 수 있을 것이다.

한국 E&T가 골라도 제대로 된 로드를 섭외한 것 같았다.

그렇게 그는 위풍당당하게 외성을 향해 걸어왔다.

이미 코볼트들이 외성과 내성 사이의 마을을 헤집고 있고, 외성 아래에 방치된 강철거인을 에둘러 싼 상태다.

이는 경계라기보단 전리품을 양보할 수 없다는 일종의 시위였다.

이매가 코볼트가 길쭉하게 툭 튀어나온 코볼트식 투구로 얼굴을 가린 채 쩔그렁거리며 오우거 로드 앞을 급하게 앞질렀다.

오우거 로드는 그저 조롱을 담아 껄껄 웃을 뿐이다.

시원한 웃음이었다.

이미 외성문이 활짝 열리고 도개교가 내려진 상태였다.

8백 마리에 달하는 트롤들은 이미 외성 거주지를 휘저으며 인간들을 색출하고 있었다.

외성에 거주하는 영지민은 이미 내성의 지하 무덤 속으로 대피한 상태라 그들이 원하는 것은 찾을 수는 없으리라.

먼저 이메가 코볼트가 입성해 제일 근처에 있는 강철거인에 올라 탑승구를 열려고 끙끙거렸다.

열쇠가 있어도 소용없다.

탑승구는 마법으로 이중, 삼중으로 용접한 상태라 이를 열려면 족히 6시간은 걸려야 가능하다.

이메가 코볼트가 강철거인의 목 뒤에서 팔딱팔딱거렸다.

외성 안은 오우거 군단의 주력인 트롤들과 전리품에 눈이 먼 코볼트들로 가득 찼다.

승리가 눈앞이라 착각했음인가. 외성 거주구가 너와집 등 목재 가옥과 가죽 천막들로 이루어졌음을 인식하지 못하고 있었다.

그때였다.

쾅—! 쾅—!! 쾅—!!

오우거 로드가 외성 정문을 부숴대기 시작한 것이다.

절대 고개 숙이고 들어가지 않겠다는 현실에서의 그의 말대로 열린 문이라도 고개 숙이지 않고 들어서겠다는 자신과의 약속을 지키려 함인가.

고집에 무식한 것인지, 자신의 말은 꼭 지키는 알찬 인간인지 판단 유보. 솔직히 그의 기벽을 접하게 되니 고개가 갸웃거려졌다.

'아뇨, 돈 들게 왜 문은 부수고 지랄이야. 걍 허리 낮추고 목만 빳빳하게 들고 들어가면 되잖아. 문이 무슨 잘못이라고.'

하긴, 그런 자세론 카리스마가 없기는 없지.

폼.생.폼.사.이리라.

와르르르.

우스스스─!!

마침내 성문이 무너졌다.

그리고 지휘소에 걸린 바미안의 붉은 별이 무너진 돌들에 튕겨 외성 밖으로 굴러갔다.

탱탱탱.

경기 시작을 울리는 종소리로 딱이었다.

구오오오오오오─ 와르르르, 투콰앙─!!

나는 방어탑의 잔해를 헤치고 오우거 로드를 향해 달려나갔다.

오우거 로드의 좌측 측면에서의 공격이다.

갑작스러운 강철거인의 등장에 아머드 오우거들이 진로를 가로막았다.

"감히 어딜! 일어나라, 데스 오우거─! 군주의 군주를 지켜라!"

순간 20여 마리의 데스 오우거가 소환되어 진로를 가로막은 아머드 오우거와 격돌했다.

콰작, 으드득─!!

오우거 로드의 호위부대라 그런지, 이 아머드 오우거들은 방어구가 충실한 반면 해머 등 무기를 들고 있진 않았다.

반면 내가 소환한 데스 오우거들은 부실한 방어구를 보완하기 위해 팔뚝 보호구에 짧은 송곳을 부착했다.

힘겨루기는 단연 아머드 오우거들의 압도했지만 마주 잡은 팔을 통해 송곳에 찔리게 되자 괴성을 지르며 떨어질 수밖에 없었다.

나는 앞을 가로막는 오우거 3마리를 이리저리 제치고 오우거 로드의 앞까지 돌입했다.

그 순간, 오우거 로드를 지키는 사천왕이 내 앞을 가로막았다.

오히려 실제 상상한 대로 오우거 로드의 모습이 이러지 않을까 싶은 사천왕이었다.

그들은 분명 속전속결로 끝내려는 나의 계획에 최대 걸림돌이었다.

좁은 방어탑 안에 강철거인을 감추기 위해서 나는 애당초 어떤 무기도 소지하지 않았다.

'이게 먹힐까?'

나는 강철거인으로 하여금 주먹을 마주치게 했다.

쾅, 쾅, 쾅—!

무기가 없음을 보여주었다.

그리고 오우거 로드를 향해 손가락을 까닥였다.

이것은 과거에 그가 한 행동이다.

그는 데뷔 당시 일본 선수를 상대로 판정패를 당한 적이 있었다.

그러자 그는 퇴장하면서 링 인사를 하는 일본 선수를 이런 식으로 불렀다.

링 아래에서 결판내자!

거리의 룰로.

그도 스트리트 파이터 출신이고, 상대 선수도 스트리트 파이터 출신이라는 공통점이 있었다.

두 달 후에 동경의 뒷골목에서 두 사람 간의 스트리트 파이터로서의 대결이 벌어졌고, 다니엘 정이 당당하게 승리했다.

그 뒤 그의 대전 상대는 함부로 판정을 가지고 장난을 칠 수 없게 되었다.

거리의 자존심!

온갖 매체에서 그를 추앙하는 기사를 내보냈다.

그렇게 영웅이 탄생하는 순간이었다.

나는 그가 기억을 떠올리기를 기대했다.

그도 맨손, 나 역시 맨손이다.

아니, 강철 글러브 대 강철 글러브!

아니나 다를까,

오우거 로드의 입에서 포효가 터져 나왔다.

크어어어어어엉!!

로드 대 로드! 오우거 로드가 데스 매치를 받아들였습니다.

사천왕들이 아깝다는 인상을 그리며 물러났다.

Act 11
Part 2 이행

機甲戰記

Massacre

기갑전기 **매서커**

듣보잡의 도전을 받아들였다고 예를 취할 필요는 없다.

이 순간 얼마나 많은 사람들이 그를 지켜보고 있을까.

시선과 평판을 의식해야 한다는 것, 그는 그만큼 자유롭지
못했다.

그는 오우거 특유의 유연성을 과시하려는 듯 가볍게 스텝
을 밟으며 주먹을 허공에 질러 넣으며 다가왔다.

광— 광—!

강력한 스냅에 풍압이 위협적으로 뿜어져 나왔다.

황녹색의 주먹 그림자가 가슴을 압박해 들어왔다.

하나 보기에만 위협적일 뿐, 긴장감이 결여된 모습이다.

'실수하는 거야.'

"히얍, 구름 위를 걷는 코끼리!!"

엔진 최대 토크와 동화율의 폭주를 일치시켰다. 그리고 터뜨린 특화 스킬.

강철거인이 검은 그림자를 드리우며 도약했다.

후이이이잉—!

강철거인의 무릎 요철이 오우거 로드의 턱에 작열했다.

퍼억!!

중량이 고스란히 실린 타격에 오우고 로드의 목이 90도 뒤로 꺾였다.

커헙—!

무려 6미터를 격한 '플라잉 니킥'이었다.

바로 다니엘 정, 그의 이름을 떨치게 한 바로 그 기술!

이 쇳덩어리로 말이다.

바로 그 기술이 자신에게 쇄도하리라 누가 짐작할 수 있을까.

그리고 그 누가 강철거인은 몸을 띄울 수 없는 쇳덩어리라 할 것이냐.

그를 상대로 타격전을 벌인다면 아마추어에 유연함이 떨어지는 내가 단연 불리하다.

이처럼 상대가 승리로 방심했을 때 타격을 입혀야 함이다.

물러서는 오우거 로드를 따라 가슴 안쪽으로 파고들어 복부와 가슴을 난타했다.

슈슝슛, 퍽퍽퍽퍽—!

연속해서 짧게 때리기는 강철거인만의 장기이기도 하다.

기계적인 정확한 간격과 속도!

오우거 로드의 꺾였던 목이 제자리로 돌아왔다.

턱 끝이 보였다. 강철거인의 머리를 치켜들어 제자리를 잡아가는 머리를 턱밑에서 들이받았다.

노골적인 버팅이 아니다. 머리로 하는 어퍼컷이다.

그렇게 연이은 크리티컬 히트가 작열했다.

하나 오우거 로드의 피통은 약간 줄어들었을 뿐이다.

주먹 타격의 한계였다.

'반칙의 진수를 보여주지!'

강철거인의 발로 오우거 로드의 발등을 밟았다.

그의 본능적인 발차기를 그렇게 봉쇄했다.

이어서 복부를 향한 짧은 난타, 난타, 또 난타!

기계적인 소나기 펀치를 오우거 로드에게 퍼부었다.

뿌바바바박—!!

그러나 그는 역시 챔피언이었다.

오우거 로드는 뒤로 벌러덩 넘어지더니 재빠르게 발을 뺐다. 몸을 둥글게 굴려 공격권에서 빠르게 벗어나더니 몸을 텀블링 식으로 일으켜 세웠다.

내게 밟힌 왼발을 연신 쩔뚝이며 가드를 단단하게 올렸다.

가드 사이로 드러난 눈에는 분노도, 당황함도 없다. 단지 차갑게 이글거릴 뿐이었다.

냉정한 승부사의 눈!

나 역시 가드를 올리고 접근했다.

이미 소기의 성과는 거두었다.

바로 절뚝이는 왼발, 공격 축이다.

이제 그는 쉽사리 중량을 실을 수 없을 것이다.

'니킥을 봉쇄했다.'

잠시간 기묘한 탐색전이 이어졌다.

한쪽은 쇳덩어리, 다른 한쪽은 근육 덩어리. 덩어리 대 덩어리의 대결이지만 자세만큼은 영락없는 이종격투기 선수들의 그것이었다.

탐색이 끝났음인가. 오우거 로드의 눈빛이 달라졌다.

슈슉슉, 파팡!!

오우거 로드의 주먹이 강철거인의 머리에 작열했다.

엄청난 빠르기와 정확함!

니밀, 골이 울렸다.

누군가 소리 굽을 귀에 대고 울리는 것 같다.

타이밍을 잡을 수 없을 정도였다.

'물러나면 진다!!'

물러나는 적을 따라 들어가 마무리 짓는 게 격투의 기본.

오우거 로드의 강철 주먹이 소나기처럼 퍼부어졌다. 예상치도 못한 각도에서 푹푹 들어와 조종석의 좌우, 그리고 밑이 요동쳤다.

펀치가 두드리지 않은 부위가 없을 정도로 쏟아져 들어왔다.

도색이 뜯겨져 나가고 장갑 곳곳에 주먹 자국이 파였다.

강철 샌드백을 강철 글러브를 끼고 치는 그림이나.

캉, 캉, 파캉─!!

차곡차곡 데미지가 쌓여갔다.

치명적인 공격이 간간이 주요 관절을 노리고 들어왔다. 강철거인의 약점을 제대로 파악한 공격이라 하겠다.

그럼에도 나는 두 다리를 굳건하게 버티며 주춤주춤 그에게로 접근했다.

'이것이 바로 강철 맷집이다.'

현실의 나에게선 있을 수 없는 항목.

내가 기다리는 것은 오직 한순간.

'…스트레이트만 날려라.'

상체를 휘청이며 틈을 보여주었다. 이젠 버틸 수 없다는 식으로.

스팟─!!

그 순간 황금색 주먹이 정면에서 크게 들어왔다.

왔다!

날아오는 스트레이트를 안는 듯한 모습으로 무릎을 굽첬

다. 적의 품으로 파고들며 왼발을 상대 가랑이 사이로 넣었다.

동시에 파고든 왼쪽 무릎을 상대의 무릎 안쪽으로 밀었다.

이 모든 걸 한 동작으로 해냈다.

오우거 로드의 중심이 흐트러지며 턱 끝이 드러났다.

동화율과 동조된 어퍼컷을 날렸다.

"합—!"

부우우우웅— 푸헉!

오우거 로드의 거체가 붕 뜨더니… 키 높이대로 넘어졌다.

쿠웅—!

땅이 들썩이며 먼지가 풍성하게 피어올랐다.

이 한 번의 타격에 오우거 로드의 피통이 10%나 줄어들어다.

사위가 조용하다.

지금까지는 오우거 로드가 압도적이었는데 순식간에 벌어진 사태이기에.

인공지능인 오우거들마저 어떻게 이런 일이 벌어지냐는 표정들이었다.

그러니 방송을 지켜보는 유저들이야 오죽할까.

이 타이밍과 동작을 나는 오래전에 강철거인에 입력시켜 놓았다. 일명 시뮬레이팅 스킬. 기계의 좋은 점이 이런 것이리라.

그리고,

'훗, 기지에서 이 몸의 별명이 반칙왕이셨다.'

군인 격투기라는 게 그런 것이다.

오로지 생존을 위한 기만. 반칙이든 뭐든 살아남으면 그것이 정석이었다. 게다 한 덩치하는 군인들 틈에서 야리야리한 내가 살아남으려니 일격필살의 기술을 익힐 수밖에.

아무튼 나는 그를 제대로 파악하고 있었다.

스킬 등록을 알리는 메시지가 수개나 이어졌지만 일단 무시했다.

한 번 넉다운시켰다고 좋아할 게 아니다.

그와 나와의 싸움은 점수를 채점하는 경기가 아니니까.

집중력을 유지해야 했다.

오우거 로드가 벌떡 일어났다. 가드는 올렸지만 이게 아닌데 라는 얼떨떨한 표정이다.

'이 양반, 배우 되더니 몸만 다듬었지, 감각은 완전 죽었구만.'

나야 좋지.

강철거인으로 로우킥을 선사했다.

목표는 발등이 부어 쩔뚝이는 왼발!

완전 병신으로 만들 요량으로 수십 톤에 달하는 중량을 고스란히 실었다. 정신을 못 차릴 때가 데미지를 누적시킬 절호의 기회였다.

푸파팟—!! 크헛—!

로우킥은 상대를 KO시키는 기술은 분명 아니다. 하나 KO 기반을 마련하는 기본 중의 기본인 스킬이다. 바로 다니엘 정이 자신을 모델로 판 이종격투기 강좌에서 나온 말이다.

끊어 차기보다는 밀어 차는 식으로 로우킥을 연이어 선사했으니, 이는 나무를 쓰러뜨리기 위해 밑둥에 도끼질을 하는 것과 같았다.

커컥— 팟팍!!

오우거 로드가 잽을 날리며 거리를 두려 했다.

정신을 차리기 위한 본능적인 시간 벌기이리라.

어설픈 잽으로 옆구리가 오픈된 게 보였다. 나는 허리를 틀면서 강철거인의 발로 옆구리를 가격했다. 정석에 가까운 미들킥.

퍼거걱!!

강철거인의 발등을 통해 갈비뼈의 감촉이 생생하게 느껴졌다면 나만의 착각일까.

아니었다.

오우거 로드의 가드가 축 처졌다.

강철거인의 상체를 뒤로 숙이면서 오우거 로드의 노출된 머리를 노렸다. 이도 본능적, 아니, 기계적인 설정이었다

부우우웅— 파칵!

강철거인의 발등과 정강이가 오우거 로드의 관자놀이에

고스란히 꽂혀들었다.

강철거인의 발등과 정강이는 무시무시한 기형의 둔기와 같다. 그걸 관자놀이에 고스란히 적중당하고 말았으니… 그림 같은 하이킥이 작열한 것이다.

오우거 로드가 비틀비틀 물러나더니 푹 주저앉으며 무릎을 꿇었다.

쿵―!!

로우킥으로 시작해 하이킥으로 마무리된 다리 기술에 내 스스로가 놀랄 정도였다.

'그랬어. 가상 단말기에 적응을 하지 못하고 있구나!'

오우거 로드를 움직이는 다니엘 정은 초보 유저 시절의 나처럼 동화율 개념이 없는 것이었다.

벌어질 수 없는 일이 벌어진 것이 이를 증명한다.

"끝장을 내자! 우바바바―!!"

나는 무릎 꿇은 오우거 로드를 걷어차 벌렁 넘어뜨리며 체중을 실어 올라탔다.

완벽한 파운딩!

이어 강철 주먹을 망치처럼 세워 사정없이 안면에 내리찍었다.

퍽퍽퍽퍽―!!

피가 튀고 살점이 튀어 올랐다.

실제 경기 같으면 경기를 중단시켜야 할 상황.

'빌어먹을, 과연 피통이 크긴 크구나.'

오우거 로드의 피통은 일반 오우거보다도 다섯 배는 더 컸다.

하나 이겼다는 생각은 선명했다.

"우바바밧!!"

아드레날린 과분비 상태!!

앞으로 기울인 상체에 더 강한 타격을 주기 위해 일으켜 세웠다.

이때 챔피언의 본능이 살아났다.

오우거 로드의 긴 발이 낙지처럼 강철거인의 등 뒤로 휘감아 왔다.

"……!"

콰당―!

웅― 하는 이명이 울려왔다.

'아차! 크으…….'

후회해도 소용없었다. 나는 어떻게 넘어갔는지도 모를 정도로 자세가 뒤집어졌다.

강한 타격에 대한 욕심이 이런 사태를 불렀음이다.

팔목이 붙잡힌 상태에서 오우거 로드의 두 다리는 완벽하게 내 상체를 제압한 모습이 되었다. 그 두 다리를 지렛대 삼아 팔을 잡아당겼다.

으득, 그그그궁―!

쇠끼리 빗끌리는 마찰음이 귀를 긁어댔다.

시큰한 고통이 팔을 타고 뇌 속을 휘저었다.

귀하의 상태는 극도로 위험한 상태입니다. 끌어올린 동화율을 하향 조정하십시오! 동화율을 내리지 않으면 강제로 하향 조정합니다.

"누구 마음대로!"

한번 떨어진 동화율을 다시 끌어올리는 것은 몇 배 더 힘든 일이다.

'경기 같으면 여지없이 항복이겠지만… 어림없다. 팔 하나쯤이야……'

각오는 섰다!

나는 있는 힘껏 반동을 일으켰다.

뿌카각―!! 카캉!!!

붙잡힌 팔이 어깨부터 부러져 떨어졌다.

"크으흑……."

뽑혀진 팔을 통제하는 마나구를 통해 우리한 느낌이 밀려오더니 극통으로 변해 머릿속을 휘저었다.

극통은 한참 후에야 느껴진다는 말이 이런 뜻이리라.

아무튼… 나는 자유를 얻었다. 그게 중요했다.

뽑힌 팔을 부여잡고 있는 오우거 로드의 면상에 몸을 덮쳤다.

트더어엉—!!

강철거인의 돌출된 가슴 부위가 오우거 로드의 안면을 짓이겼다.

이미 파운딩 상태에서 엉망일 대로 엉망이 되었던 얼굴이 이젠 강철거인의 곡면 장갑에 의해 무참하게 함몰되었다.

다시 한 번 덮쳤다.

트덩— 우드득!

반복, 또 반복…….

나는 팔이 뽑힌 고통을 잊기 위해 온몸이 부서져라 던지고 또 던졌다.

강철거인은 이미 만신창이가 되었다. 장갑이 너덜너덜했다.

으깨지고 부서지고 비틀어졌다.

끄긍, 기기기깅—

거북한 마찰음이 손가락 하나만 움직여도 흘러나왔다.

일어서는 것만으로도 강철거인의 관절이 비명을 질러댔다.

인공지능의 경고는 귀가 멍멍할 정도로 괴롭히고 있었다.

중량을 실어 계속 충돌했으니 아무렇지 않다면 오히려 그게 사기일 것이다.

하나 소기의 목적은 달성했다.

오우거 로드의 움직임이 잠잠해졌다.

'됐어… 이제 끝을 내야 돼.'

그 끝이란 매서커의 손으로, 파편 무구로 오우거 로드를 끝내는 것.

숨을 끊기 위해 조종석을 나서려는 순간, 아주 잠깐의 틈이었다.

쿨럭, 푸헉—! 크외와와와와와왕—!!

오우거 로드가 고인 피를 뿜으며 창대한 외침을 터뜨렸다.

이런!

오우거 로드, 부활의 외침이 발휘되었습니다.

…이럴 수가! 그가… 데스 매치를 포기했습니다.

'데스 매치를 포기해?! 챔피언이?! 당신은 챔피언이잖아?! 빌어먹을……'

순식간에 제 모습을 찾는 오우거 로드였다.

부서졌던 안면은 처음 그대로 돌아왔고, 비틀어졌던 근육은 제자리를 잡는 것이 아닌가.

바닥을 드러냈던 피통은 빠르게 차오르고, 짓이겨졌던 근육은 새 살이 생겨났다.

"씨팔, 사기다—!!"

나는 오우거 로드를 거칠게 걸어찼다.

그나마 멀쩡한 것은 두 다리뿐.

팡팡팡―!

오우거 로드의 피통이 줄었다 다시 차올랐다를 반복했다.

오우거 로드가 타격받은 반동에 몸을 실어 굴렀다. 그렇게 나에게서 멀어지더니 거체를 벌떡 일으켜 세웠다.

황녹색 아우라가 온몸에서 뭉클뭉클 피어올랐다.

크르르르르르―

입에선 녹황색 피가 꾸역꾸역 흘렀다.

따라붙기엔 강철거인이 말을 듣지 않았다.

"비, 빌어먹을!!"

기기긱― 하는 관절이 날 살려달라는 비명만 가득하다.

녹슨 로봇이 움직이려고 억지를 쓰는 모습이리라.

반면 오우거 로드의 두 눈에서는 믿을 수 없다는 불신, 그리고 상처 입은 야수의 광포함이 줄기줄기 흘러나왔다.

타오르는 듯한 황녹색 아우라가 흘러나와 몸을 휘감았다.

상처가 아물고 근육이 두 배는 부풀어 오르는 것이었다.

그렇게 새끈한 오우거가 전형적인 오우거의 외형으로 바꾸어갔다.

반면 나는 외팔이가 된 상태. 관절은 중량을 무기로 한 고기동으로 인해 멀쩡한 부위가 한 군데도 없었다.

두 다리로 서는 것조차 힘들 정도로 위태위태힌 모습으로 흐느적거렸다.

"시팔, 흥분만 안 했어도……."

…나의 우상은 가상 인류가 아니었다. 그렇다. 상황은 처음부터 내가 유리했다. 가상에서는 오히려 내가 그의 우상이 될 자격이 있었다. 한데,

가슴은 뜨겁게 머리는 차갑게… 그 반대였다. 한순간의 흥분이…….

*　　　*　　　*

크르르릉—

낮은 으르렁거림이 사방에서 조여왔다. 마치 이때를 기다렸다는 듯이.

바로 오우거 사천왕들이었다.

오우거 로드가 데스 매치를 포기했기에 나를 노리고 다가오는 것이다.

'이러려고 두 달간 땅을 판 게 아닌데…….'

허탈해 있는데 땅에서 붉은빛이 올라왔다.

'바미안의 붉은 별…….'

왠지 모르게 피식— 하며 헛웃음이 흘러나왔다.

나는 자연스럽게 땅 밑에 떨어진 징을 집어 들었다. 아니, 붉은 별이 절로 떠올라 손에 들어 왔다는 게 맞으리라.

그런 착각이 들 정도로 손에 착 감겨왔다.

'후후, 한때의 우상과 한판 엉겨봤다는 것으로 만족해야

하나? 내 가상의 삶도 오늘이 최고의 피크로 기억되겠군. '지오, 월드 스타와 한판 붙다' 정도. 제길, 너무 허무하군.'

온몸이 노곤해져 왔다. 그냥 아무렇게나 눕고 싶다는 생각뿐이다.

수면 부족에 장시간의 지휘로 정신이 혼몽하다.

그런데… 나약해지려는 순간, 원반형 징을 통해 묘한 따뜻함 스며들어 왔다.

'…영지민들은? 바미는? 친구들은?'

그래, 아직 포기할 순 없지!

처진 어깨를 세웠다.

동화율을 끌어올렸다.

캐릭 집중은 오직 매서커에게로.

저 멀리 데스 오우거들이 하나둘 쓰러졌다. 쉽게 무너질 데스 오우거가 아니다. 집중력이 매서커 캐릭에게 쏠려서 벌어진 일이리라.

원반이 전해주는 따뜻함만이 가슴 한가득 채워졌다.

'이 따뜻함의 정체는 무엇일까? 무엇에 기인한 것일까?

무수한 이들이 이 원반을 통해 힘을 전해주는 듯한 기분이 들었다. 그렇게 나는 무수한 이들에게 둘러싸여 있었다.

나를 응원하는 이들… 나를 믿는 이들…….

'…해준 것도 없이 받기만 했군.'

…동화율이 77%에 달합니다.

…동화율이 88%에 달합니다.

…동화율이 99%에 달합니다.

최고의 동화율임에도 엔진음은 고요하기만 했다.

궁궁궁, 궁궁궁—

경고! 마력 전달이 위태위태합니다. 마력의 누수가 심합니다.

경고! 마나 컨트롤러의 오작동 우려가 높습니다. 마력의 오러 전이를 중지해 주십시오.

무시했다.

어차피 죽으면 그것으로 모든 게 끝이다. 사라진다. 꿈과 같이…….

고요한 엔진음이 나를 깊은 곳으로 데려갔다. 정신이 맑은 것이, 이것이야말로 깨어 있다는 느낌이리라.

가슴은 따듯함으로 가득 차올랐다. 기분 좋은 느낌.

장갑 이음새 곳곳에서 붉은 기운이 아지랑이처럼 피어올랐다. 하나 형태를 잡기도 전에 푸스스스― 안개처럼 흩어졌다.

그렇게 선홍빛 아우라는 제대로 형성되지 못하고 그냥 아름다운 붉은 안개가 되어 대기중으로 흩어져 갔다.

반면 손에 든 원반으로 오러가 몰렸다.

오러에 오러가 담아졌다. 이 오러는 누군가가 보내는 힘과 합쳐져 원반을 이글거리게 만들었다.

그렇게 붉은 태양을 쥔 것처럼 원반이 이글거렸다.

하지만 뜨겁지 않고 오히려 포근하기만 하다.

후우우우우우우우웅―!

Quest

믿음의 아우라[Aura of Faith].

'믿음의 아우라로 모든 불신(不信)을 베십시오!'

분노는 나의 힘… 당신은 분노를 일으키지 않은 상태에서 순수한 믿음의 아우라를 발했습니다.

이것은… 믿음의 아우라입니다. 학살자의 핏빛 아우라가 진화한 것입니다.

당신을 믿으십시오!

당신을 믿는 모든 이들을 믿으십시오!!

그들이 믿는 당신을 믿으십시오!!

원반은 오렌지색을 중심으로 선홍빛을 발하며 이글거렸다.

그래서인가. 사천왕의 접근이 놀람으로 멈칫했다.

사위가 사진을 보는 것처럼 정지된 듯했다.

의식 저 너머의 명령이 있었디. 이 명령을 내린 이는 다른 이가 아닌 분명 나였다.

원반을 날렸다.

붉은 원반이 손끝을 떠나는 순간, 나는 큰 원을 상상하고 그렸다.

의지로 그렸다, 믿음으로 그렸다.

씨이이이이이잉— 파슛스—!

슈각—!!

4개의 거북한 단절음이 동시에 터지며 원반이 거짓말처럼 강철거인의 손에 돌아왔다.

처음 이글거리는 그대로.

선명한 붉은 원형의 궤적이 공간 중에 고스란히 남아 있었다.

이 붉은 궤적을 따라 오우거 사천왕의 목에 붉은 선이 생겨나더니… 붉은 선을 따라 머리가 분리되어 떨어지는 게 아닌가.

이 모든 게 나만의 착각일까?

이어 선명한 붉은 원형의 궤적은 모래 가루가 날리듯이 작은 빛의 입자로 화해 흩어졌다.

쿠쿵—

털썩!

오우거 사천왕이 그렇게 주저앉았다, 머리가 분리된 채로.

착각이 아니었다.

어떤 메커니즘과 논리로 이를 이룬 것인지 나는 모른다.

알고 싶지도 않다.

분명 내가 이룬 결과라는 것밖에.

피통을 완벽하게 회복하고 근육을 두툼하게 키우고 있는 오우거 로드를 눈에 담을 뿐이다.

사천왕의 허무한 죽음에 오우거 로드의 두 눈은 경악으로 치켜떠진 상태였다.

오우거 로드가 포효했다. 순수한 분노였다.

우워어어어어어어어억—!!

이마를 중심으로 황금빛이 눈부시게 번져 나왔다.

오우거 로드가 각성의 포효를 터뜨렸습니다.
오우거 로드의 방어력과 공격력이 25% 급증합니다.
마력 저항력은 15% 증가합니다.
생명력은 3분간 두 배 증가합니다.

되지도 않는 스펙으로 기죽이려 하지 마라!

무어라 하든 두렵지 않다!

이글거리는 원반이 내게 있다! 나의 의지와 연결된, 믿음으로 연결된.

그리고 의지 너머의 명령이 다시 내려졌다.

원반을 날렸다.

아래에서 위를 향해 수직으로.

씨우우우웅― 파슈슛―!!

오우거 로드의 두 눈이 퉁방울처럼 튀어나왔다.

크어어어어―!!

이마 정중앙에 박힌 원반의 노출된 면을 따라 자신의 놀란 얼굴이 고스란히 비추어지고 있었다.

이마 정중앙엔 참외만 한 황녹색의 마정석이 박혀 있었다. 이를 원반이 수직으로 이등분 한 것이다.

마정석… 정신력을 상징한다는, 바로 동화율을 보정하는 아이템.

지금 그게 부서졌다.

오우거 로드를 중심으로 피어오르던 황녹색 아우라가 다시 옅게 흩어지기 시작했다.

오직 두 주먹에만 황녹색 오러가 두툼하게 맺혀져 있을 뿐이었다.

이 중 하나의 주먹이 강철거인을 향해 내질러졌다.

슈황아아앙— 파캉—!!

"크헙!"

강철거인의 머리가 날아갔다. 조금 아래로 향했으면 조종석을 날려 버렸을 오러의 응집체였다.

효과는 있었다. 충격으로 속이 완전히 뒤집어졌다.

신물이 올라왔다.

파노라마 사이트가 온통 붉었다.

"…좋아, 맨손으로 끝을 내주지."

나는 마나구에 손을 댔다.

기이이이이잉—

강철거인의 심장이 가늘게 멈추었다.

나는 강철거인의 조종석에서 힘겹게 내려왔다.

땅에 닿은 다리가 후들후들거렸다. 간신히 중심을 잡았다.

이 두 번의 공격은 알게 모르게 내 모든 힘을 쥐어짰음이리라.

체력은 완전히 바닥이다. 오직 정신만 맑다.

경고! 위험!! 비정상적 신체 상황입니다.
당신의 건강을 위해 5분 후 강제 접속 해제에 듭니다.

어이, 아직 쌩쌩하다고—!

한 손엔 타르타로스의 검을, 다른 한손에 타르타로스의 채찍을 꺼내 들었다.

'파편 무구들이여… 우리, 끝을 보자!'

나는 오우거 로드를 향해 뛰었다.

오우거 로드와의 거리는 12미터.

다시금 황녹색 오러 덩어리가 질주하는 나를 향해 쇄도했다.

이 오러체를 향해 타르타로스의 검을 내밀었다.

"히얍―!!"

검끝에서 붉은 기운이 피어올라 쇄도하는 오러체에 닿았다.

슈퉁―!

오러를 가를 땐 어떤 느낌도, 소음도 없었다.

단지 갈라진 오러가 지면과 부딪치며 두 개의 거대한 웅덩이를 만들어냈을 뿐이다.

퍼펑! 파과과과과콰―!!

땅이 뒤집어지며 뿌연 흙먼지가 피어올랐다.

나는 파편 속으로 내달렸다, 거대한 황녹색의 실루엣을 향해.

크핫―!

먼지를 뚫고 튀어나온 나에게 쇠뚜껑만 한 주먹이 내리꽂혔다.

슈확, 파항―!

오우거 로드의 주먹이 맨땅에 떨어졌다.

파스스스스스슷—!!

파편이 온몸을 난타하며 눈앞이 아찔했다.

나는 오우거 로드의 팔뚝에 올라탔다. 아름드리 통나무 다리를 타듯이. 그리고 달렸다.

채찍을 휘둘러 오우거 로드의 눈을 노렸다. 하나 채찍 끝이 닿은 곳은 징이었다.

채애애앵—!

이마에 박힌 원반이 바르르 떨렸다.

크악!!

오우거 로드는 팔뚝에 올라탄 나를 털어내려고 팔을 거칠게 아래위로 털어댔다.

이는 본능적인 동작. 당황하고 있음이다.

나는 다시금 채찍을 날려 오우거 로드의 목을 휘감았다.

후리리리릭—

그렇게 길게 늘어난 채찍으로 오우거 가슴 아래에 매달렸다.

그 순간 가슴 정중앙에 황금빛으로 빛나는 마혈석이 눈에 들어왔다.

나는 타르타로스의 검을 마혈석의 중심에 박아 넣었다.

"먹어—!"

푸슉—

크헉!!!

오우거 로드의 동작이 일순 정지했다.

검을 뽑았다.

쿠웅—!!

오우거 로드가 무릎을 꿇었다.

눈엔 이미 힘이 없었다. 마치 영혼이 빠져나간 것처럼.

나보다 먼저 단말기와 접속 해지 되었음이다.

가차없이 검을 휘둘렀다.

검끝에 실린 붉은 궤적이 아름다웠다.

커다란 둥근 무언가가 등 뒤로 떨어졌다.

퉁!

그리고 뜨거운 무언가가 내 머리 위로 폭포수처럼 쏟아져 내렸다.

무수한 찬가와 메시지들이 주르륵 올라왔다.

아무것도 기억나지 않는다.

오직 단 하나!

> ……

> **믿음으로 불신을 가르다!**
> 바미안 영지가 한국 E&T에서 Part 2로 이양한 최초의 영지가 되었습니다.

보상······.

웃음은 나오지 않았다. 대신 하늘을 향해 붉은 신호탄 하나를 쏘아 올리는 것을 마지막으로 주저앉았다.

휘우우우우우— 팡!!

신호탄이 터지자마자 커다란 폭음이 연속해서 터져 나왔다.

이글거리는 열기가 외성벽을 넘어 얼굴을 덮쳤다.

외성 시가지가 화염에 휩싸였다.

내성을 공략하기 위해 모인 모든 것들을 집어삼킬 것이다.

이 년간 생활했던 기지의 마지막 그림과 겹쳐졌지만 나는 이번엔 분명 지킬 사람들을 지켰다.

나를 믿어준 사람들을 지켰다!

무수한 이들의 미소가 그려졌다.

눈앞으로 내가 지킨 이슈타르 인들이 스쳐 지나가고··· 기억 저편의 사람들이 나타나 미소 지어주었다.

'···지켰습니다.'

Part 2로 가든 산으로 가든 내게 중요한 건 그것이었다.

지키고 싶은 사람을 지켰다는 것.

···약속을 지켰다는 것.

*　　　*　　　*

강제로 접속 해제에 듭니다. 10, 9, 8……

접속 해제되어 시아가 뿌예지는 가운데 오우거들의 거친 으르렁거림이 귀를 더럽혔다.

강제 접속 해제… 이제 몸만이 남아 20초간 필드에 서 있을 수밖에 없다. 이들은 나를 산산조각 낼 것이다.

'…파편 무구와도 이제 이별이군…….'

그때, 내가 믿는 이들의 외침이 들려왔다.

"지오! 내가 왔다!! 비켜라, 떡대들―!!"

열혈 큰곰이었다.

그의 도끼에서 떨어진 레몬색 섬광이 오우거의 머리를 가르고 지나갔다. 도끼에 이글거리는 것은 분명 오러였다.

형!! 축하해! 드디어 해냈구나. 오우거를 잡았어.

"지오, 어디 있는 거야?! 거기구나. 우리가 왔다!! 죽엇, 병신들. 어딜 넘봐―!!"

작은곰이었다.

그를 중심으로 수십 개의 손도끼가 날아갔다 돌아오기를 반복하며 길을 막는 오우거들의 발등을 난자했다.

"영주님, 영주님, 우리들의 영주님! 저 아크 알키미스트 일단이 왔습니다. 여기 정신이 번쩍 드는 포션이 있습니다."

일단님이었다.

…그러고 보니 온갖 좋은 포션들을 먹지 않았구나. 워낙 약발이 엉뚱해야지……. 허허.

"비켜라, 명태 영감탱이! 오우거 발에 밟혀 흔적도 없이 사라질 것이 여기가 어디라고. 하얍, 진동 방패—!!"

아웅다웅 헉스님이었다.

방패에서 뿜어져 나온 강렬한 파동을 못 이기고 오우거들이 밀려났다. 그 덩치 큰 오우거들이.

"지오님, 섭섭하외다. 사천왕 중 한 마리는 내 몫으로 남겨두셨어야죠! 히야얍, 파도를 가르는 칼!!"

쏘리, 쏘리. 골든보이님.

골든보이의 칼에서 새파란 오러가 분출되어 오우거를 수직으로 갈랐다.

…그와의 일대일 듀얼이 걱정이군.

"나 왔다! 죽음의 수레바퀴!!"

하하, 솔로 형이었다.

얇은 둥근 고리 수개가 공간을 갈랐다. 고리는 오우거들의 목젖에 깊숙이 파고들었다.

"이건 내 거야! 손대면 죽어—! 오늘 외식비 벌어야 돼."

소리 누님… 와주셔서 감사합니다. 아마 오늘은 어떤 가사일도 못하셨을 것이다.

그 덕에 가족들은 외식?! 그런 거군. 하하.

"지오, 지오, 지오, 지오, 지오−!"

숨넘어갈 듯이 내 이름을 부르는 이가 있다.

눈앞에 펼쳐진 난장판을 이리저리 피해 머리부터 발끝까지 검은색 일색의 누군가가 옆에 섰다. 가느다란 체형이 익숙하다.

검은 누건을 내리자 작고 귀여운 얼굴이 드러났다.

"헤헤, 짜잔! 나 왔어."

미요였다.

흉악한 전투 소음 속에서… 뭐랄까, 굉장히 기분이 편해졌다.

"자, 이제부터는 우리에게 맡겨주세요. 편히 쉬세요, 영주님."

그러면서 그녀는 만신창이가 된 나를 살며시 당겨 안았다. 그리고 토닥토닥.

젠장, 눈물 나도록 고마워진다.

"…고마워."

"뭘, 우리 사이에. 그런데 말이지……."

"…응?"

갑자기 섬뜩한 기분이 드는 건 왜지?

미요의 다정다감하던 눈빛이 사라지고 어느새 쥐를 노리는 고양이의 눈빛으로 나를 보고 있다. 다독이는 등 뒤론 자연스럽게 뱀 혀 모양의 단검이 자리하고 있다.

따끔!

등줄기에서 식은땀이 흘러내렸다.

미요가 눈을 새하얗게 치켜뜨고 다그쳐 왔다.

"그러니까, 지오 캐릭 중 하나가 사라졌어. 실비들도 같이. 즉, 지오가 수많은 여인네들과 함께 사라졌단 말이지……. 그리고 돌아오질 않아. 걱정되지?"

"으, 응……."

"그.러.니.까, 도대체 지오를 어디에 빼돌린 거야?"

"어버……."

뜨헉, 정신이 퍼뜩 돌아왔다.

마음에 깃든 평화로 신체적으로나 정신적으로나 안정화에 들었습니다.

…접속 해제가 취소되었습니다.

"크윽!"

이봐요, 이게 어째서 마음에 깃든 평화 상태란 말입니까?

접속 해제시켜 달라고요?! 어서 빨리! 당장!!

"이젠 숨어서 바람을 피우겠다는 거야?! 어림없어! 당장 사라진 지오를 대령하라고. 당장!"

"……."

그 지오나 여기 있는 지오나 다 같은 지오입니다.

믿어주십시오!!

"흑……."

미요의 치켜뜬 눈에 물막이 차올랐다.

오우거들을 처치하고 환한 웃음으로 다가오던 동료들이 애매한 분위기에 슬금슬금 뒤로 물러났다.

어이, 이러면 나만 나쁜 놈 되잖아.

"히잉, 차라리 분양을 해라, 분양을 해!! 야이, 나쁜 놈아—!!"

"……."

오, 지오 분양?! 탁월한 대안이옵니다.

죽고 싶냐고?!

나에겐 목숨 여별이 7개나 있다, 라고 말하면 정말 죽이겠지?

대신 미요를 힘껏 끌어안았다.

등 뒤로 단검이 뚝 떨어져 내렸다.

*　　　　　*　　　　　*

같은 시각, 한국 E&T의 공개 시연장엔 긴장이 흘렀다.

수많은 매체에서 나온 방송 관계자들이 다니엘 정이 가상 단말기에서 나오기를 숨죽이며 기다렸다.

유리로 외부와 격리되도록 설계된 가상 단말기 안엔 다니엘 정이 멍한 상태로 서 있을 뿐이었다.

장내에 설치된 커다란 화면에선 한국 E&T의 Part 2 이행을 알리는 그림이 흘러나오고 있었다.

'한국 E&T 드디어 Part 2 이행!'이라는 커다란 문구 뒤로 강철거인의 니킥이 오우거 로드에게 작렬하는 그림이 흘러나왔다.

다니엘 정은 단말기 안에서 머리 위로 흐르는 그 그림을 올려다보았다.

불과 20분 전 그림이다.

니킥에서 시작한 타격은 정석에 가까운 로우킥, 미들킥, 하이킥으로 이어졌다. 처음부터 보지 않은 사람들에겐 일방적으로 당했다고 생각할 그런 그림들로 편집되어 있었다.

다니엘 정은 다양한 각도에서 편집된 동영상이 흐르는 것을 보며 허탈한 웃음을 지었다.

드디어 그가 단말기에서 나왔다.

카메라 조명이 집중적으로 모아졌다.

그는 단말기 옆에 마련된 기자회견 단상으로 담담하게 자리했다.

얼굴이 편안하다. 뭔가를 결심한 얼굴이라고 말하는 그런 모습이기에 로드 매니저가 곤혹스러운 눈으로 눈치를 살펴야만 했다.

로드 매니저는 알고 있다, 그가 이런 표정일 때는 항상 사고를 크게 터뜨린다는 것을.

다니엘 정이 물로 입을 약간 적신 다음 고개를 끄덕였다.

로드 매니저가 나섰다.

"…그럼, 기자회견을 시작하겠습니다. 질문하십시오. 질문은 인제나처럼 3개만 받겠습니다."

그는 단 세 개의 질문만 답하는 것으로 유명하다.

이에 기자단에서 선출된 대표 기자가 마이크를 잡았다.

대표 기자는 E&T를 아는 유저라면 모르는 사람이 없는 담비였다. 고직식해 보이는 뿔테 안경을 착용했지만 세련됨이 빛났다. 그녀는 기자라기보다는 리포터라 할 수 있었다. 하나 E&T를 통해 얼굴이 알려졌기에 선정될 수 있었다.

현재 담비의 위치는 담비를 취재하러 나온 기자들이 있을 정도. 아무튼, 담비가 굳은 얼굴로 입을 열었다.

"다니엘 정님, 수고하셨습니다."

입에 발린 인사가 있었다. 그리고 이어진 본론.

"패배한 소감을 부탁드립니다."

리포터답다고 해야 하나. 어쨌든 담비다운 직설적인 화법이었다.

다니엘 정 대신 매니저가 급히 마이크를 잡았다.

"보시다시피… 챔프는 멀쩡합니다. 머리털 하나 빠지지 않았습니다. 하하. 게임에 너무 많은 의미를 부여하는 것 같군요. 그저 간단한 추억일 뿐입니다."

이들은 늘 이런 식이다.

"이후 한국 E&T와의 일정이 전부 취소될 것 같은데, 바로 한국을 떠나실 겁니까?"

"그렇습니다. 더 이상 한국에 있을 이유가 없죠. 챔프가 전에 말했죠? 자신은 여행자라고. 오늘 여행이 끝났으니 내일의 여행을 준비하는 게 우리 일입니다. 다니엘 정은 새로운 세계를 경험했고, 그 경험을 소중하게 여깁니다. 또 다른 세계가 그를 기다리고 있습니다. 그의 여행을 응원해 주십시오."

기자단에서 피식거리는 웃음이 흘러나왔다.

새로운 세계 운운은 오우거 로드 역할을 성공적으로 마치고 떠날 때 준비한 입에 발린 소리였다.

담비 역시 준비된 대로 질문할 수밖에 없었다.

"새로운 세계?! 구체적으로 말씀해 주십시오."

이때 다니엘 정이 매니저의 마이크를 뺐었다.

이 모습에 장탄성과 함께 카메라 플래시가 일제히 터졌다.

"오─!!"

팟팟팟─!!

다니엘 정이 일어서며 말했다.

"저 오늘부터 게임합니다, 한국의 평범한 유저로서요. 한국에서!"

"……."

기자단이 침묵에 들었다.

다니엘 정이 한국에서 활동한다는 것이다. 그것도 가상게 임을 위해서.

카메라 셔터까지 침묵했다.

그렇게 다니엘 정은 기자들을 패닉 상태에 빠뜨리고는 회견석상에서 일어섰다.

그때 기자 중 누군가 크게 외쳤다.

그렇다. 이직 마지막 질문 하나가 남아 있었다.

"패배를 안겨준 상대에 대해서 한마디 부탁합니다!"

이 자리의 어느 누구도 돌아설 것이라 생각 못한 다니엘 정이 몸을 돌렸다.

"그는… 과거의 저였습니다. 자신을 믿는……."

"……?"

"가능하다면 가상 생활을 그를 통해 배우고 싶어요. 기자 여러분들이 잘 전해주십시오. 이로써 질문 3개 끝인가요?! 그럼."

뒤이어 기자들의 중구난방식 질문이 터졌지만 다니엘 정은 돌아서지 않았다.

그렇게 다니엘 정의 퇴장으로 기자회견은 엉망이 되었고,

"씨잉, 이게 뭐야?! 망하라는 바미안은 망하지도 않고… 내

기자회견은?! 하여튼 바미안과 엮이면 좋은 일이 없다니까."

　담비였다.

　응? 누구야?! 내 욕 하는 게? 이 몸이 Part 2로 이행시켜 주었으면 칭찬해 줘야 하는 거 아냐?!

　"…그렇군. 돈 잃은 내기꾼들이 있었군. 크크, 역시 세상은 둥글게 살기 힘들다니까."

『기갑전기 매서커』 8권에 계속…

여민섭 新무협 판타지 소설

죽지 못하는 자는 살지 못하는 것과 같다.
그래서 그는 스스로를 무생(無生)이라 부른다.

『무생록[無生錄]』

은퇴한 기인들의 마을, 득도촌
그곳에서 가장 기이한 자는…
은거기인들마저 놀라게 하는 한 명의 청년

"그 무엇도 궁금해하지 말 것!"

부엌칼로 태산을 가르고,
곡괭이질로 산을 뚫는 자, 무생!

흘러 들어온 남궁가의 인연으로,
죽지 못해서 살아온 그가
이제 죽기 위해 무림으로 나선다.

살지 못한 자가 비로소 살게 되었을 때
천하가 오롯이 그의 것이 되리라!

Book Publishing CHUNGEORAM

유 어이 자유추구
WWW.chungeoram.com

FUSION FANTASTIC STORY
천성민 장편 소설

짐승의 규칙

『무결도왕』 『다크로드 블리츠』
천성민 작가의 신간!

『짐승의 규칙』

살아야만 했다.
나를 위해 희생당한 부모님을 위해.
복수를 위해.

죽여야만 했다.
내가 살기 위해 타인의 목숨을.

그렇게……
나는 짐승이 되었다.

Book Publishing CHUNGEORAM

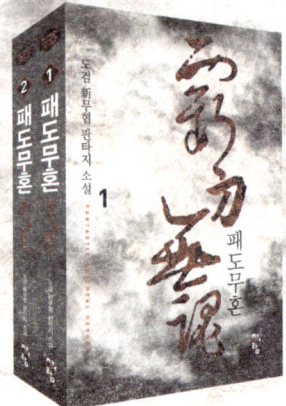